Casseta & Planeta

MANUAL DO SEXO MANUAL

Casseta & Planeta

MANUAL DO SEXO MANUAL

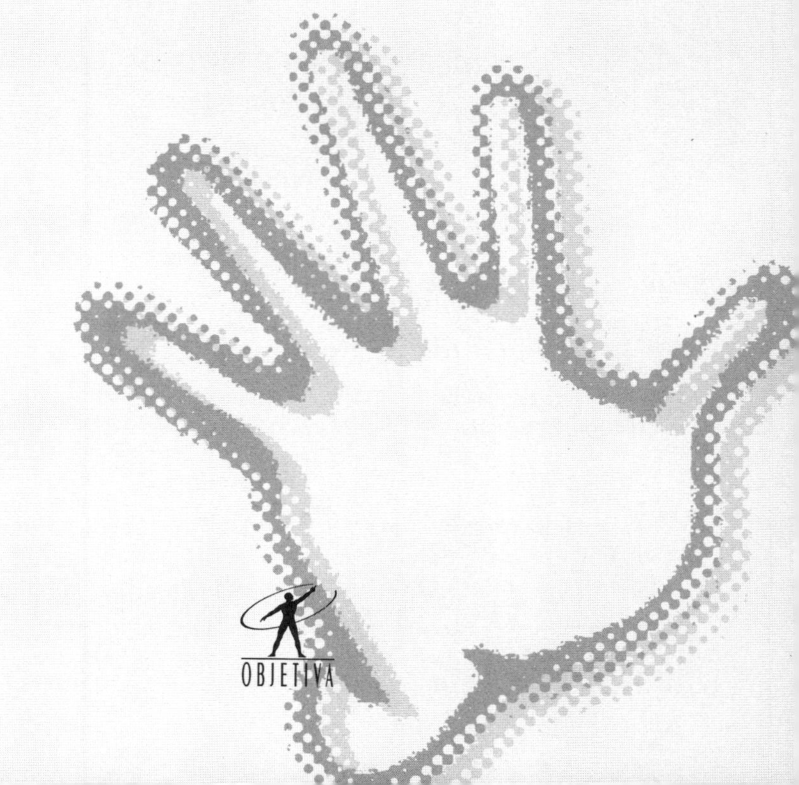

OBJETIVA

CASSETA & PLANETA É:
Bussunda, Cláudio Manoel, Beto Silva, Hélio de La Peña,
Hubert, Marcelo Madureira e Reinaldo

www.cassetaeplaneta.com.br

Editora Objetiva LTDA.
Rua Cosme Velho, 103 – Rio de Janeiro – RJ – CEP 22241-090.
Tel.: (21) 556-7824 – Fax: (21) 556-3322
www.objetiva.com.br

CAPA
Pós Imagem

PROJETO GRÁFICO E DIAGRAMAÇÃO
Glenda Rubinstein

REVISÃO
Sandra Pássaro
Antônio dos Prazeres
Umberto de Figueiredo

C344m
Casseta & Planeta
Manual do sexo manual / Casseta & Planeta. - Rio de Janeiro : Objetiva, 2001

143 p. : Ilustrado ISBN 85-7302-372-4

1. Literatura brasileira - Humor. I. Casseta & Planeta (grupo humorístico).
II. Título

CDD B869.7

SUMÁRIO

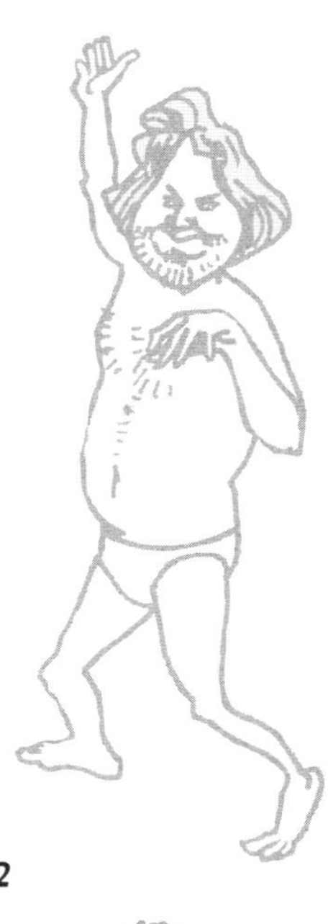

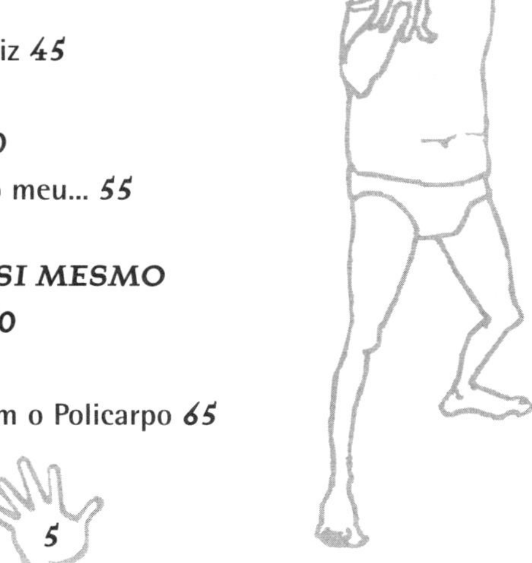

OPINIÕES

"Tudo que sei sobre sexo, aprendi lendo este livro."

MADONNA

"Tudo que sei sobre sexo, aprendi chupando este livro."

CICCIOLINA

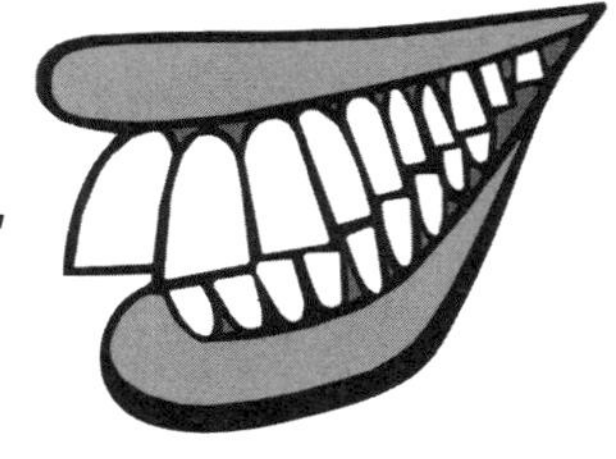

"Morri de rir ao ler este livro."

KURT COBAIN

"Não gostei do livro. Cheirei ele todo
e não senti nada."

MARADONA

INTRODUÇÃO

(No Bom Sentido, de Fora Pra Dentro)

Depois de ficar com as mãos calejadas de tanto pesquisar o mercado de livros sobre sexo erótico e sacanagem explícita, Casseta & Planeta concluiu que ainda havia uma lacuna a ser preenchida nesse meio. E sabe como é: tem lacuna no meio, a gente tá metendo!

O *Manual do Sexo Manual* não pretende apresentar nenhuma novidade. Tudo o que abordamos você poderia aprender na rua. Desde que não se importasse com a multidão que se formaria em volta.

Pela primeira vez um manual revela de maneira crua e repulsiva o que podem fazer duas pessoas adultas, maduras e conscientes, que estão a fim de foder adoidado e não estão nem aí porque o mundo vai acabar mesmo.

Enfim, não podemos garantir que este livro possa resolver os problemas sexuais das pessoas, mas temos certeza de que ele pode solucionar muitos dos nossos problemas financeiros.

AGRADECIMENTOS

Este livro não poderia ser realizado sem a contribuição da equipe de pesquisadores do Instituto de Altos Estudos de Altas Sacanagens da Universidade de Albuquerque, Wisconsin.

Membros da Equipe:

THEODORE MAPPLETHORN VAN BURK, M.Ph.D.

Sexólogo, filósofo e síndico. Depois de observar durante vinte anos o trabalho do casal Masters e Johnson atrás de um buraco da fechadura, Mapplethorn publicou um trabalho pioneiro sobre o *voyeurismo*. Há quarenta anos vem se dedicando em vão ao estudo da sua impotência.

LINDOVAL B. POMEROY, M.Ph.D.

O mais idoso e importante dos sexólogos americanos ainda em atividade. Dotado de uma espantosa capacidade de trabalho para um homem de 98 anos, Pomeroy participou do Relatório Kinsey, do Relatório Masters e Johnson e ainda saiu correndo de pau duro atrás de Shere Hite.

LORELEY J. SULLIVAN, M.Ph.D.

Psicóloga, sexóloga e astróloga, doutora Honoris Causa pela Universidade de Massachusetts, Tennessee, Ohio. Devido a seus trabalhos pioneiros em vários campos da sexologia avançada, Loreley é considerada uma boa trepada pela comunidade científica norte-americana.

SEBASTIAN B. JOHNSON, TORNEIRO MECÂNICO

Negro, alto, forte — um verdadeiro deus de ébano. A realização deste manual teria sido impossível sem sua colaboração prestativa, seu temperamento dócil e afável. O graaande Sebastian esteve sempre pronto a satisfazer os mais bizarros caprichos da equipe e a realizar pequenos consertos e serviços de última hora.

1

SEXO: NOÇÕES BÁSICAS

"Clítoris ou clitóris? Lá no Norte mulher não tem essas coisas não. E, se tiver, entra na vara!"

Papo cabeça do meu pau

Sexo não é um bicho-de-sete-cabeças. Pra falar a verdade, o bicho tem uma cabeça só, vermelhona. A menos que você seja adepta da suruba. Então, vamos direto ao assunto.

Autoconhecimento – descobrir seu próprio corpo é muito importante. Mas divertido mesmo é descobrir o corpo dos outros. O método Braille é ainda o mais recomendado.

Virgindade – apesar do que se fala por aí, ela desempenha um papel fundamental na formação psicológica do adolescente. Há muitos casos em que se perde a virgindade por pressão do grupo. Você tá numa festinha com um grupo de dez pessoas. De repente, nove te seguram e a outra te come à força. Não é fácil. Principalmente se a turma resolver revezar depois. Os mais recentes estudos na área psíquica recomendam que a virgindade deve ser mantida pelo menos até a primeira trepada. Depois, deixa pra lá.

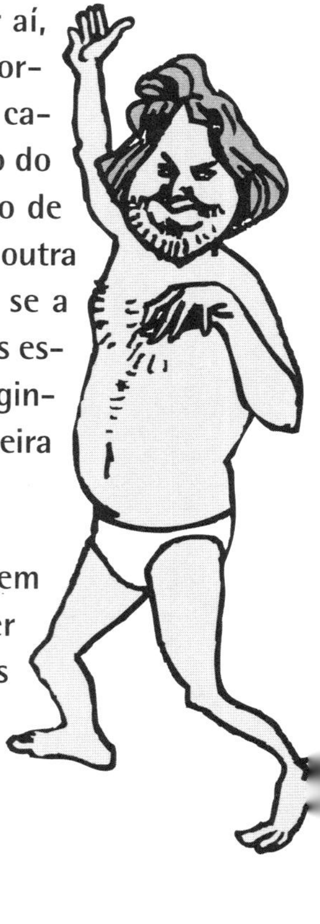

As vantagens do sexo anal – só tem vantagem pra quem come, é claro. Deve ser evitado durante o inverno e nos países frios porque o bafo na nuca pode causar choque térmico e pneumonia.

A freqüência – há médicos que costumam pedir a suas clientes uma certa moderação. E estão certíssimos. Se, cada vez que for lá, a cliente quiser trepar com o cara, não há doutor que agüente! Muitos casais mantêm relações sexuais todo dia. E de noite ainda dão mais umazinha.

A conversa franca com os pais – é uma atitude positiva mas nunca deve ser feita durante o ato. Fatalmente você acaba perdendo a concentração.

Fantasias – ora, todo mundo tem suas fantasias. Mas as do Clóvis Bornay são um luxo, e ele tá vendendo um monte baratinho.

Higiene íntima

Não há nada que deixe os aficionados do sexo mais satisfeitos do que receber uma carta de referência de um ex-usuário provando que seu futuro parceiro é limpinho, não rouba comida e é crente.

O corpo humano é um verdadeiro pólo petroquímico produtor de secreções, gases, aromas, inhacas e ziquiziras. Portanto, para que o congraçamento das carnes alcance uma otimização plena, as mulheres devem cuidar de seu asseio e de sua bunda e os homens devem levar seu ganso ao veterinário pelo menos duas vezes por ano. Deve-se lavar com atenção redobrada as pregas e os cantinhos da escadaria da igreja de Nosso Senhor do Bonfim.

O asseio corporal básico compreende os seguintes cuidados:

• Todas as manhãs, após soltar uma estatueta de barro, Mestre Vitalino deve limpar cuidadosamente a região do fiofoz do rio São Francisco com o auxílio de verbas da Sudene extra-soft ou um chumaço de algodão embebido em querosene.

• "Lava a vulva todo dia, que agonia..." O antigo hábito das lavadeiras, que lavavam suas vulvas nos rios, batendo-as nas pedras, atualmente foi substituído com vantagem pelos modernos "lava-rápidos", que oferecem também excelentes serviços de lubrificação de pino e troca de óleo.

• Não é aconselhável o uso de desodorantes íntimos e azeite, uma vez que está provado definitivamente que os amantes portugueses preferem o cheiro natural de uma vulva à Gomes de Sá.

• Procure sempre que possível trocar de calcinha, cueca e parceiro após as refeições.

• Muitas vezes, no período de menstruação, as donas-de-casa não encontram absorventes íntimos nas prateleiras. Nesse caso, recomenda-se o uso de serragem. OBs podem ser substituídos por saquinhos de chá ou a granel.

A bunda como valor universal

As estatísticas comprovam que, de todo mundo, o povo brasileiro é o que tem a maior atração pela parte baixa do traseiro da fêmea. A "bunda", como é chamada coloquialmente essa região, é realmente uma preferência nacional. O que hoje se faz necessário é um aprofundado estudo sociológico sobre o porquê dessa obsessão.

A ORIGEM: DE ONDE VIERAM E PARA ONDE VÃO

A história conta que tanto o nome quanto o objeto vieram da África. A primeira bunda de que se tem notícia foi avistada nas costas do continente negro pela nau-capitânia de Vasco da Gama. Contam, inclusive, que o navegador português chegou a ter um contato mais próximo com um avantajado espécime e foi ali que ele dobrou o Cabo da Boa Esperança, sendo imediatamente atendido pelo médico da expedição.

No Brasil, as primeiras notícias remontam ao século XVI, quando do naufrágio de uma caravela portuguesa nas costas da Bahia. Os livros de história não registram, mas a verdade é que, além do Bispo Sardinha, foram comidas várias bundas naquela ocasião. É importante lembrar que naquela época os índios ainda não tinham acesso à manteiga, maionese, *ketchup*, *chantilly* ou qualquer outra coisa que ajudasse a deglutição do alimento.

Depois as bundas se espalharam pelo mundo, chegando ao Brasil, ao Caribe e a grande parte da América do Sul e da Europa. Nos Estados Unidos, ainda recebem grande oposição por parte dos produtores de peitos; no Japão só se produzem miniaturas. Mas, com resistência ou não, o importante é que as bundas ganharam mundo, tendo hoje apreciadores em qualquer vilarejo, por mais isolado que seja.

O QUE É BUNDA?

Antes de começarmos qualquer análise aprofundada, é preciso definir aqui, com muita segurança, qual é o material de nosso estudo. É preciso, em primeiro lugar, questionar alguns conceitos que já viraram dogmas do conhecimento humano. Por exemplo, já faz parte do senso comum dizer que bunda todo mundo tem. Ora, trata-se de um equívoco lamentável. É evidente que todo mundo tem um pouco de carne em volta do ânus, mas daí a chamar isso de bunda vai uma distância enorme. Pense comigo: você já viu a bunda da Tiazinha? Como é que você pode pensar então em dar o mesmo nome a esta coisa que você carrega embaixo das costas? Não é possível. Para ser chamado por esse belo nome, é preciso atender a certos pré-requisitos.

Partamos de um princípio básico: homem não tem bunda, tem traseiro. Bunda é coisa de mulher. Eu sei, a afirmação, assim a seco, causa estranheza. Afinal, se você conhece tantos homens que já deram a bunda, como é que alguém pode dar o que não tem? Veja bem, funciona mais ou menos como os papéis do governo. Você não compra Bônus do Tesouro Nacional? Alguma vez você parou para perguntar "Que Tesouro?". Pois é, você pode até dar o que não tem, desde que tenha alguma credibilidade. O problema é que quem dá a bunda perde a credibilidade... Como vemos, a questão é bem mais complicada do que parece.

DOS TIPOS E SEUS DOADORES

No Brasil, as bundas abundam. Temos uma variedade enorme, para todos os gostos. É verdade que os puristas descartam essas classificações, por considerarem que só existe um tipo de bunda: a perfeita. Para esses especialistas, a bunda é uma coisa efêmera que aconteceu por pouco tempo na vida de poucas pessoas. Você olha e pronto, está ali uma bunda! Você cutuca um amigo e quando olham de novo... o sonho acabou! Ela já não está firme, virou traseiro...

Mas não nos prendamos tanto a essas opiniões de *experts*. Sabemos, por exemplo, que nas costas do Brasil há uma grande incidência de *bundas do tipo peixe*, aquelas que, para comer, você precisa antes tirar as espinhas.

Também é natural, principalmente em mulatas, você encontrar o tipo *pinball*. É aquela que você precisa apertar os dois lados, pois costumam ser de um tamanho incomensurável e, se você jogar bem, ganha uma partida grátis.

Quem freqüenta as praias cariocas no verão pode observar um fenômeno natural muito interessante: *as bundas múltiplas*. Pois é, embora a ciência insista que por trás não existe possibilidade de reprodução, a vida prova o contrário. O que acontece é que, com a idade, vai se formando embaixo da original uma reprodução em miniatura, resultado do amolecimento da carne glútea. Este fenômeno não tem volta e vai acontecendo sucessivamente, sendo registrados casos de pessoas que chegaram ao fim da vida com umas sete ou oito bundas.

Quanto aos doadores, estão em quatro grupos: o tipo *A*, que é mais selecionado, é aquele que pode doar pra todo mundo, menos pra você. O tipo *B* já é mais fácil de encontrar, mas cuidado, ele tem prazo de validade muito pequeno e uma taxa de coliformes fecais muito alta. O tipo *AB... profunda* é aquele que doa a quem doer. O "AB... profunda" é insaciável e, nessa característica, só perde para os do tipo *O*, doadores universais.

CONCLUSÃO

Seria muita pretensão tentar esgotar aqui um tema tão amplo e complexo. O que nós pretendemos foi levantar uma discussão que, convenhamos, andava meio caída. Este é apenas um estudo preliminar que nos abre caminho para, no futuro, responder a questões do brioco. O brioco faz parte da bunda? Todos se perguntam, mas ninguém nos dá uma resposta. Até quando reinará esse desgoverno? Eh povinho bunda!

Taras, perversões, desvios & outras esquisitices

O homem é um animal estranho. Além de assoar o nariz, pagar o IPTU e dançar pagode, muitas outras coisas o diferem das demais criaturas de Deus.

No sexo então as diferenças se avolumam. Foi o ser humano que inventou a sem-vergonhice e a punheta russa. Analisando vários compêndios sobre as mais exóticas práticas sexuais desse ser único, coletamos algumas das sacanagens, perversões, manias, taras que sua santa ignorância jamais imaginou que existissem.

PAPAGAIO DE PIRANHAS (PECHINCHISMO)

Nesta modalidade repugnante do sexo, o clímax do tarado é diretamente proporcional ao tamanho do desconto que ele venha a obter no michê das profissionais do amor, chegando a lutar por parcelamentos e dilatações de prazos, tipo 45 dias fora do mês.

INDIOSSINCRASIA

Surgida na década de 60, essa esquisita mania só foi catalogada muitos anos depois. Oriunda de regiões como Canoa Quebrada, Trancoso, Mauá, Tiradentes e muitas outras, essa tara caracteriza-se pela exacerbação do *naturebismo.* Ou seja, trata-se da fixação de certas fêmeas em manter, preferencialmente, relações com nativos dessas localidades, mesmo que fedam, sejam desdentados, vendam horrorosas pulseirinhas de palha e toquem flauta doce.

FILATELIA

Trata-se de uma variante *heavy metal* do furor uterino. A moça acometida por esta fome de vara não consegue ficar sem rechear o seu rosbife e, por uma questão de método, se sente na obrigação de organizar uma fila para cumprir seu objetivo: ficar sebenta de sexo.

COMEASTIA

Trata-se de uma bifurcação na fixação edipiana. O menino em idade escolar sente uma vontade louca de comer a sua professora na impossibilidade de traçar a própria mãe.

A educadora, percebendo o problema, age de maneira moderna e esclarecida, chamando os pais do aluno para uma conversa.

Os três geralmente descobrem que são todos modernos e esclarecidos e partem para uma suruba. Nesse ato, é aconselhável internar o punheteirinho para o pentelho não atrapalhar a fodelança.

HIDRANTISMO

Patologicamente, trata-se de um estágio mais avançado da popular "síndrome da comichão". A fêmea, enlouquecida por aquele calor louco que ela carrega consigo, não vê alternativa a não ser roçar num hidrante.

É muito comum nas praticantes dessa anomalia o desenvolvimento de efeitos colaterais que eclodem durante o ato, como, por exemplo, imitar uma sirene no ápice orgástico e gritar a plenos pulmões: "Isso, liga o mangueirão. Me afoga. Me faz uma operação rescaldo!"

CLOROFILIA

Um pouco mais difundida, esta aberração leva esse nome devido ao interesse acentuado que os seus praticantes têm pelas plantinhas e outras criaturas do mundo vegetal, como cenouras, nabos e pepinos.

Na vertente sadomasoquista desse hábito, os clorofilistas curtem, por exemplo, enfiar um abacaxi no orifício anal e pedir para o parceiro ficar girando-o. Só assim esses devassos atingem o idealizado "estado vegetativo", ou seja, o êxtase no jargão clorofílico.

PEDERASTIA

O mundo moderno, com seu cotidiano frenético, muitas vezes impede que as pessoas usem sua imaginação e realizem suas fantasias sexuais.

Nas grandes cidades, a divisão da sociedade entre motoristas e pederastas acabou por criar uma legião de seguidores deste desvio comportamental.

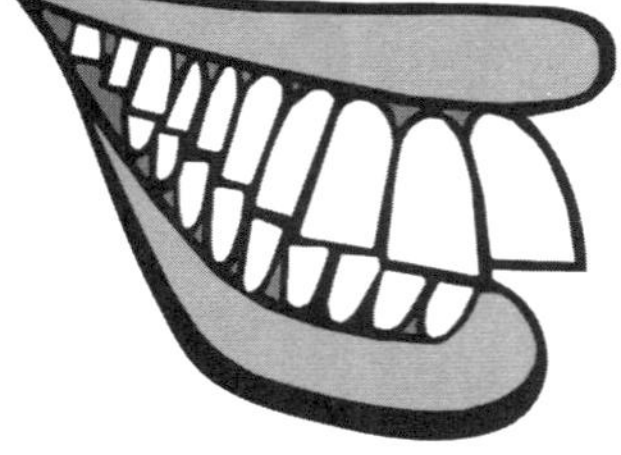

Assim surgiu a *pederastia*, que, na sua definição mais simples, é ato ou efeito de trepar nos transeuntes da calçada.

ANANISMO

De extrema sofisticação, esta forma de prazer é praticada por mulheres que já fizeram de tudo e, para combater o fastio, exacerbam a seletividade em seus jogos amorosos.

Como o nome mesmo já diz, as devotas deste hábito só atingem o orgasmo com anões que se chamam Ananias.

RICARDISMO

O ricardismo é a compulsão que certos indivíduos sentem em comer a mulher dos outros. Esse costume é muito usual nas regiões do Brasil onde o marido sai de casa para trabalhar. Seus maiores entusiastas são as donas-de-casa, os encanadores, os carteiros e entregadores de *pizza*.

O ricardista tem um papel importante na economia, impulsionando a indústria madeireira para manter sempre crescente a produção de armários.

2

DESCOBRINDO A MULHER

"Mundo, mundo, vasto munda
Se eu me chamasse Raimunda
Seria feia de cara
mas boa de rima."

CARLOS DRUMMOND DE ANDRADE

Mocréia, disfarça e leva

Maio é o mês das noivas. Em maio tem o Dia das Mães, a mulher é homenageada, cantada em prosa e verso só porque é maio. Peraí. Todas não, tem uma categoria de mulher que é esquecida, discriminada, ignorada até pelo imposto de renda! A mulher feia, a mocréia, o bagulho, o urutu, o canhão, o dragão ou qualquer outra maneira que você chame a mulher feia mais próxima. Mulher feia é pior que homem porque homem (se for homem mesmo) não dá em cima de você. Ninguém dá a mínima pra mulher feia. Ninguém toca punheta em intenção de mulher feia. Tem até gente que come mulher feia, mas se alguém come uma mocréia não vai ficar por aí contando para todo mundo. A mocréia não chora na vara, é a vara que chora nela. A mulher feia, sim, é que faz o homem gemer sem sentir dor. Mas de onde vem esta coisa? Onde se encontram as manadas de mocréia? É fácil, vamos explicar.

As mocréias, os dragões, atacam em bandos, em divisões, brigadas, patrulhas etc. Canhão nunca anda sozinho.

Geralmente as mulheres feias têm uma amiga gatinha, daquelas ótimas, que sempre anda com o bando. É o jeito que elas encontraram para atrair sua presa: eu ou você.

Muitas vezes você está de posse de um canhão e nem percebe. Você chega todo cheio de entusiasmo na galera e pergunta que tal a gatinha com quem você tá e coisa e tal e vem um amigo e diz: "É a maior mais ou menos", ou então, quando a sua mãe comenta com as amigas que a sua nova namorada é muito simpática. Toda mulher feia é sempre muito simpática. A maior cabeça. Ela está ali disponível, sempre pronta pra te escutar depois que você leva um pé na bunda daquela gatinha.

Agora se você está resolvido a correr o risco, se você é daquele que já fez de tudo na vida e quer porque quer comer um bicho feio, então vão aqui alguns conselhos: lugar de comer brega é lugar longe, se possível onde ninguém vai te ver, você não vai encontrar nenhum amigo a não ser aquele que foi prum lugar longe pra comer uma outra mocréia.

Comer um canhão, um jaburu, deve ser um crime perfeito, mas previna-se, pois o criminoso sempre volta ao local do crime. Muito importante: não deixe ninguém saber, principalmente as meninas gatinhas, pois aí você tá ferrado, sua cotação cai e ninguém mais dá pra você.

Mas isso tudo não passa de preconceito, discriminação. Por que não tem revista de mulher feia pelada? É isso aí, chega de ficar sacaneando os jaburus, os calhaus. A gente não come dobradinha? Bife de fígado? Jiló? Então, por que não experimentar uma mulher bem feia?

Teste preventivo

VOCÊ É UMA MOCRÉIA?

1 — QUANDO VOCÊ OLHA NO ESPELHO, O QUE VOCÊ VÊ?

a) Madeleine Albright.

b) O Homem-elefante.

c) O Geabra.

2 — QUANDO ALGUÉM LHE OFERECE FLORES ISTO É...

a) Engano.

b) Um fenômeno paranormal.

c) Crime contra a economia popular.

3 — QUANDO VOCÊ CONVIDA AQUELE GATO DA ACADEMIA DE MUSCULAÇÃO PARA IR TOMAR UMA FANTA NO SEU APÊ, ELE RESPONDE:

a) Tu não é prima da Konga, a Mulher-Gorila?

b) Você é assim mesmo ou está do lado do avesso?

c) Obrigado, mas eu ainda não renovei o seguro do meu pau.

4 — PARA QUAL DESTAS REVISTAS MASCULINAS VOCÊ GOSTARIA DE POSAR NUA?

a) Pequenas Empresas, Grandes Negócios.

b) Ciência Hoje.

c) Armas de Fogo.

Como reconhecer uma loura

Comer uma loura fora de casa é sempre muito arriscado. A falsa loura você só conhece no dia seguinte, pois a falsa loura é como uísque paraguaio: dá uma enorme dor de cabeça. Mas como fazer para não levar gata por lebre? Como saber que você está traçando uma loura de verdade e não o Júnior Baiano de peruca? A verdadeira loura solta as tiras? Tem cheiro? Vem escrito "*Made in Germany*" em algum lugar?

Existem diversas formas de se reconhecer uma loura.

A forma mais avançada exige que você esteja na casa da loura. Aí, como quem não quer nada (só comer ela), você pode ir ao banheiro, dando uma desculpa qualquer, tipo: "...pera aí, broto, que vou ali largar um barro e já volto..." ou, se você for muito tímido: "...onde é que fica o banheiro que eu preciso enforcar um mulato...", enfim, qualquer desculpa serve. Trancado no banheiro, você começa a pesquisa:

1 — Verifique o prazo de validade dos vidros de água oxigenada. Se o prazo já estiver estourado, tudo bem. Vai ver que a loura é portuguesa e só usa água oxigenada para clarear o buço, e não a buça.

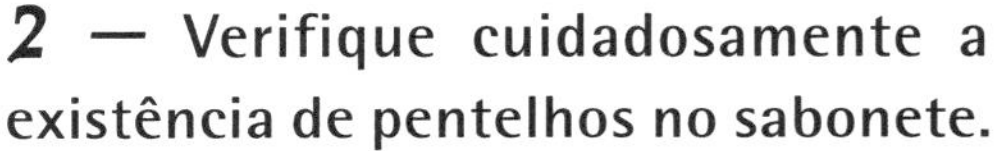

2 — Verifique cuidadosamente a existência de pentelhos no sabonete. Mas atenção! Não se precipite. O pentelho preto que você acaba de descobrir indignado pode ser do negão que comeu ela ontem. Toda loura que se preza é comida por um negão, aliás, muito bem comida, com muito mais competência do que você pretende comê-la daqui a pouco.

3 — Saia do banheiro e vá logo perguntando: "Cadê o negão que te comeu ontem?" Se a "loura" perguntar: "... que negão!?", ela não é loura.

Uma outra forma de desmascarar uma falsa loura é chegar logo pagando: "Você não é loura!" Se ela responder: "Pô, aí, brou, nada a ver, aí..." Cuidado! Você está comendo um surfista.

Apesar de tudo, a ciência evoluiu bastante e hoje já existem várias formas de clarear os pêlos, mesmo nos mais secre-

tos buracos femininos. Portanto, só existe uma maneira cem por cento eficaz para reconhecer uma galega. Invente uma desculpa qualquer para ver o fiofó da moça.

Qualquer coisa serve: "Aposto que a minha hemorróida é muito maior que a sua..." ou, então, se você for tímido: "Quantas pregas você tem? Posso conferir?"

Não aceite imitações, só as legítimas louras têm o brioco cor-de-rosa...

Dá o pé, loura!

Todo mundo acha que manja pra cacete do maravilhoso mundo dourado, mas os estudos lourológicos estão cada vez mais avançados, e, se você não se mantiver atualizado, nunca vai sacar as delícias e tentações do jeito escandinavo de ser. Por isso, leia com atenção como são classificadas as mulheres a nível de louritude.

TIPO 1 – AINDA POR CIMA É LOURA

Definição: São aquelas deusas maravilhosas paudurescentes que podiam até ser carecas mas, só pra sacanear, ainda por cima são louras.

Exemplos: Vera Fischer, Cameron Dias, Xuxa, Sharon Stone, Madonna. Ah, meu irmão, completa aí... se tu não sabe do que a gente tá falando, vai ler a *Marie Claire*, ô baitola.

TIPO 2 – LOURA PADRÃO

Definição: São as louras propriamente ditas. São mais ou menos como o Michael Schumacher, pode até não ganhar, mas é sempre favorito.

Exemplo: A Carlinha, que é prima de um amigo meu, que se não fosse loura ia ser gatinha, mas também não ia ser essa coisa toda.

TIPO 3 – MAS É LOURA

Definição: São aquelas que, depois do terceiro uísque, você começa a analisar criteriosamente os prós e contras. Depois manda o critério pro inferno, pensa: "Ah, mas é loura, foda-se!" E encara.

Exemplo: A irmã da Carlinha, que é bem malfeitinha, mas tu já tá ali mesmo, três da manhã, cheio de uca, manda pica, mané!

TIPO 4 — NEM SENDO LOURA

Definição: Aqui chegamos à impossibilidade absoluta, o famoso paradoxo de Bussen: só dá pra traçar a mocréia se colocar fronha na cabeça. E, se colocar uma fronha, não dá mais pra ver que é loura. Portanto, não dá pra traçar. Afinal, a louritude é um dom, faz até milagre, mas dentro de um limite razoável.

Exemplo: A mãe da Carlinha que aí também já é demais!!!

Entrevista exclusiva:

ROBERTA CLOSE E A CONDIÇÃO FEMININA

Casseta & Planeta — Roberta, você não acha que nós mulheres somos vítimas da opressão machista que, através dos séculos, vem nos submetendo a uma condição inferior e que esta situação é intolerável e que é dever de toda mulher se rebelar e conquistar seu espaço através da luta pela dignificação da condição feminina?

Close — Acho que é...

C & P — Roberta, você não acha que no Brasil esta situação insuportável se agrava ainda mais devido à nossa formação colonial e patriarcal, que sempre reservou para a mulher os papéis mais insignificantes no teatro da vida, e que este quadro tem que ser alterado imediatamente através do trabalho de conscientização para a conquista do nosso espaço como seres humanos plenos e livres?

Close — É mesmo?

C & P — E, para terminar, Roberta, você não acha que nós mulheres, dentro deste contexto, temos que lutar também pelo nosso direito ao prazer total? E por falar nisto, o que você acha do orgasmo vaginal?

Close — Bem, eu vou indo, acho que tá na minha hora...

3

DESCOBRINDO O HOMEM

"A inveja do pênis é uma merda."

O homem aos 20, 30, 40, 50, 60, 70 anos

Apresentaremos para os leitores mais cultos (uns três ou quatro) uma resenha do principal livro a ser lançado no mercado editorial brasileiro nos próximos meses. Esse fabuloso estudo foi realizado pelas eminentes doutoras L. Piovanni, da Universidade de Illinois, M. Mader, da Universidade de Pasadena, A. P. Arósio, da Universidade de Stanford e V. Fischer, da Universidade da Vida, que, num estudo aprofundado e úmido, verificaram o comportamento do homem durante toda a sua vida. Para tanto, contaram com a prestimosa colaboração da enfermeira L. Spiller, para a realização de alguns testes, e da auxiliar de enfermagem C. Eller, para não se sabe bem o quê.

Na realidade, esta pesquisa abrange o comportamento do homem desde muito cedo, e enfoca apenas os aspectos fundamentais da existência humana, ou seja, o sexo.

A vida sexual do homem começa mais ou menos aos treze anos, quando ele passa a produzir o espermatozóide, que é como se fosse um girino, só que menor.

Descoberta a sexualidade aos treze anos, o homem é classificado cientificamente na categoria dos pentelhos. A voz passa a ser uma coisa ridícula e insuportável. O buço faz o garoto ficar parecido com uma portuguesa, e surgem os primeiros pêlos pubianos, que, junto com filho do porteiro, passam o tempo jogando botão. O adolescente vive no banheiro, onde treina para *barman*, sacudindo a coqueteleira, despentelhando o palhaço em intenção a toda *Playboy, Ele* & *Ela, Private*

e até *Chiques e Famosos*, dependendo da matéria de capa. O adolescente vive momentos de amor sincero com a Carla Perez, a Feiticeira ou a moça do pôster central da *Playboy*. Mas às vezes trai suas namoradinhas com uma daquelas vadias da *Sexy*, que estão em início de carreira e topam qualquer parada.

O dia do jovem punheteiro começa cedo, com o toque, ou batida, da alvorada em intenção à mulher do tenente que mora no 304. O jovem só sai do banheiro para ir à banca da esquina conseguir mais inspiração. O pai do adolescente não deve se preocupar caso ele passe o dia inteiro no banheiro. Só se ele passar o dia inteiro trancado no banheiro com um amigo.

Chegando aos vinte anos, o homem entra na era da putaria. O controle de qualidade vai pro caralho, o negócio é a quantidade. O rapaz come de tudo, igualzinho a um bode. Aeromoça, rodomoça, enfermeira, manicure, coroa, balzaca, garotinha, a prima, o primo sensível, a filha da empregada, a secretária do pai, a faxineira jeitosinha, a dentista, a síndica, a esposa do major do 304. Naturalmente, depois dessa maratona ele pega, pelo menos, umas quinze gonorréias. A vida do rapaz dos vinte aos trinta é uma fudelança só. Usa saia e faz sombra e ele tá traçando. Ele tem carro, tá com tudo em cima. Tem em média 431 orgasmos por semana. Sem contar as bronhas. Acorda umas sete vezes por mês com o pau em estado de ereção de noventa graus acima do nível horizontal, considerando o azimute e o meridiano de Greenwich. Essa vida de esbórnia, porém, não é só com mulheres. Toma também porres fantásticos, bebedeiras homéricas, surubas, drogas de todos os tipos. Só não fica viciado em Cebion. Ao final dos trinta ele está um caco. Já não come mais qualquer aeromoça, só da

Varig e empresas internacionais. Sua vara escalavrada começa a refugar algumas buçanhas que, tempos atrás, não rejeitaria. Está na hora do casamento. Ele procura uma virgem, mas sem muita esperança. Acha que as mulheres com cabaço que existem e ele não comeu algum amigo roubou. Ele pede então em casamento a prima de nove anos.

A calvície começa a entrar pela sua cabeça. Parece que a Volkswagen comprou uma fazenda no seu couro cabeludo. O desmatamento avança, é melhor chamar o Gabeira. O estômago já não é mais o mesmo. Já não rebate aquelas feijoadas com a tranqüilidade com que encarava a rabada da Carmen lá da Prado Júnior. Vão-se embora as últimas alegrias: o vatapá, o sarapatel e aquele churrasco gordo. Adeus. Ele começa a ficar preocupado com o colesterol, os glicídios, os lipídios. A última coisa com gordura que comeu foi a mulher do coronel do 304.

Pronto, o homem chegou aos cinqüenta anos e sua vida sexual se intensifica, pois, agora, tem que foder com a paciência dos filhos. Suas principais preocupações são saber se a filha ainda é virgem e o que o seu filho, o Dudu, anda fazendo trancado no banheiro com seu amigo Thiago (com h). A mulher já tá mais arriada que pneu vazio. Ele tá mais careca que o Esperidião Amim. Sua barriga, enorme e caída, não o deixa mais jogar peteca direito. Ninguém o compreende. Ninguém o quer. Só a viúva do general do 304.

Caramba, sessenta anos, é a grande curva. O homem arranja uma amante, quarenta anos mais nova. Ela o chama de paizinho e obriga-o a abrir uma conta conjunta. Vai uma vez por semana ao Motel Shalimar com a Marineide — este é o nome da amante — ver fita de sacanagem, chorar e comer o almoço executivo. É a única coisa que ainda come todinha. Sua filha é uma piranha, seu filho assumiu a relação com o Thiago (com h), é líder *gay* e dá entrevista com nome e sobrenome para o *Fantástico*. A viúva do marechal do 304 morreu.

Setenta anos. Fim de linha. Seu pau não levanta nem com o David Copperfield. A vida agora é em preto-e-branco. Passa as tardes no Posto 6 jogando damas. Mas os parceiros morrem dia a dia. Seu passatempo predileto passa a ser contar para os netos as putarias de outrora. As aventuras da sua piroca, mais exploradora que o Jacques Cousteau, que freqüentou mais cavernas que o professor Saknussen. O homem agora virou inglês e vive do passado. Fica ensinando porcaria pras crianças, seu velho devasso! Vai amanhã pro asilo pra ver o que é bom!

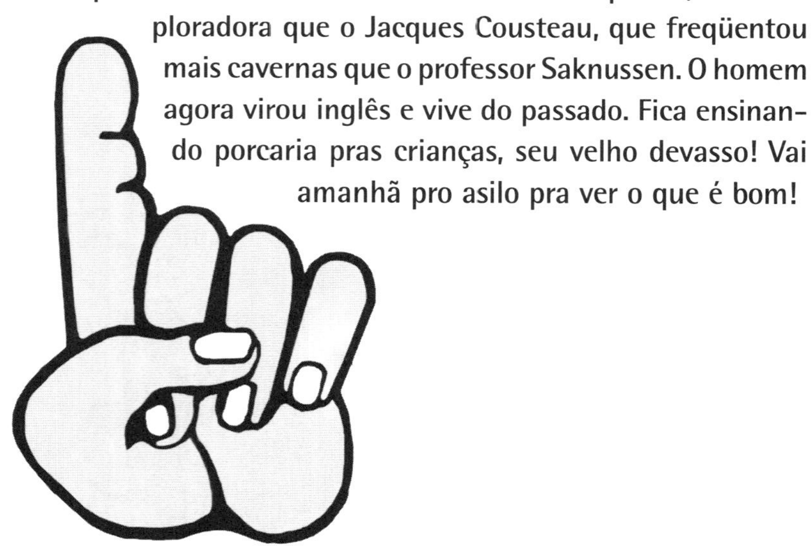

Homem, esse desconhecido

Nós, enquanto mulheres, precisamos aprender a conhecer melhor esses seres que chamamos de homem. Já basta de sermos enganadas todos os dias, levando lebre por gato. Aquele que a gente espera que dê dez faz meia... De onde a gente menos espera é que nada vem mesmo... Isso tem que acabar!

Já é tempo de sabermos mais sobre esses animais peludos que nos rodeiam. Por trás de uma grande mulher há sempre um grande homem, e como dói... mas a gente acaba se acostumando... É tudo uma questão de escolher o homem certo. Escolha seu tipo e se entregue por inteira.

TIPO SENSÍVEL

Você conhece bem... É aquele cara que chega como quem não quer nada e quando você repara já está com a coisa dentro. Se você reclamar, ele explica: "Pô, neguinha, desculpa, mas é que rolou uma atração incrível... Eu senti uma energia vindo de você, uma coisa tão forte que me puxou..." É aquele que te conheceu há cinco minutos e disse: "Eu acho que a gente tem tudo a ver, sabia?" O homem sensível não tem médico, tem homeopata. É aquele que só conversa alisando a sua mão, que te encontra na rua e fica dez minutos acariciando seus cabelos, sem dizer nada. É um tipo que pode ser facilmente encontrado na região de Minas Gerais.

TIPO TÔ MAL

Ele está em todos os lugares, na verdade é uma variação *heavy* do tipo sensível. Senta sozinho na última mesa do bar e fica se embriagando, olhando para o infinito. É muito fácil começar um relacionamento com ele, difícil é terminar... Ele tenta o suicídio a cada cinco minutos e, infelizmente, nunca consegue. Adota como lema que "homem também chora" e leva isso às últimas conseqüências quando te acorda às seis horas da manhã de domingo para ir chorar na sua casa.

CHICLETÃO

Ele acredita piamente que ganhar mulher é um esporte de resistência. Te telefona pra dar bom-dia, boa-noite, bom apetite... vai a todos os lugares que você freqüenta. Ele mora em Realengo, mas você sempre o encontra casualmente perto do seu trabalho em Copacabana ou de sua casa na Barra da Tijuca. Ele acredita que quem nunca sai de cima um dia trepa... e insiste tanto que você tem duas saídas: dar pra ele ou dar pra alguém mais forte.

O COMEDOR

Conhecido também como bimbão ou fodão, ele tem uma estranha mania de cagar na sua cabeça e passar a mão na sua bunda ao mesmo tempo. O comedor não mora em apartamento ou casa, mora em matadouro. Ele tem quinze tipos de licor, doze de uísque, tem maconha do Maranhão, do Ceará e do Dona Marta. Tem cama vibratória, maquininha de fazer massagem, luz de néon no quarto... tudo isso pra compensar aquilo que ele chama de piroca.

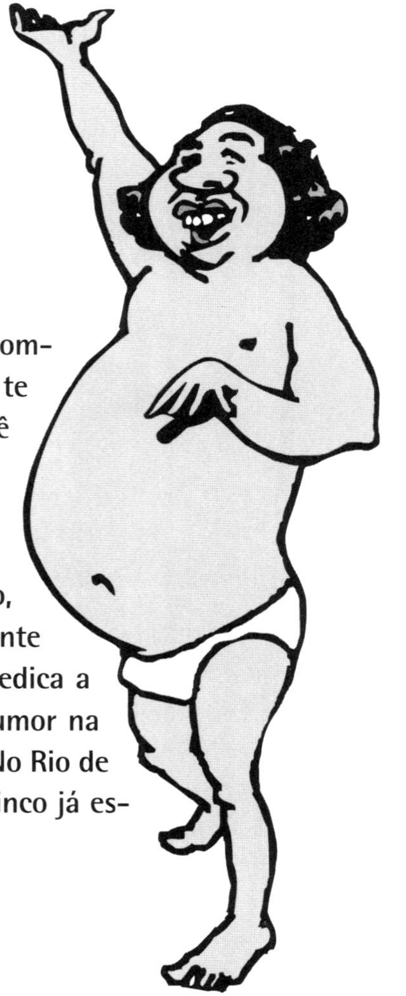

O GATINHO LEGAL

É aquele carinha lindo, sensual, que te compreende... Supercarinhoso, atencioso, te trata como uma flor. Conversa com você de igual para igual e, além de tudo isso, na cama tem uma *performance* invejável... E o tamanho do vergalhão? Você nem imagina... É um cara comunicativo, engraçado e bem-humorado. Geralmente tem uma empresa própria, onde se dedica a escrever e atuar em programas de humor na TV. Mas corra. Esse tipo é raríssimo... No Rio de Janeiro, por exemplo, só tem sete e cinco já estão arrumados.

4

PRIMEIROS PIÇOS

"Tenho apenas duas mãos
E o pensamento na bunda
Mas estou cheio de calos
Nunca saio do banheiro
Nem de noite, nem de dia
Dez contra um é covardia."

CARLOS DRUMMOND DE ANDRADE

E a gente ficava na mão

HISTÓRIA SINCERA DA ADOLESCÊNCIA

Bem, agora que todos crescemos, uns mais, alguns menos, outros mais ou menos, já nos sentimos à vontade e desinibidos o bastante para dissertar sobre tão rico, atual, palpitante e onanista assunto: a adolescência.

DA APRESENTAÇÃO

O adolescente, assim como o peixe, tem muitas espinhas. Contudo, para diferenciar um do outro, não se deve cheirá-los (pode ser um adolescente mal-lavado), basta olhar para baixo, pois peixe não usa tênis Nike.

O adolescente, quando do sexo masculino, costuma se alimentar de hambúrgueres e empregadas. Ele tem uma profunda ligação com a informática, intrínseca até, pois ambos são extremamente chatos.

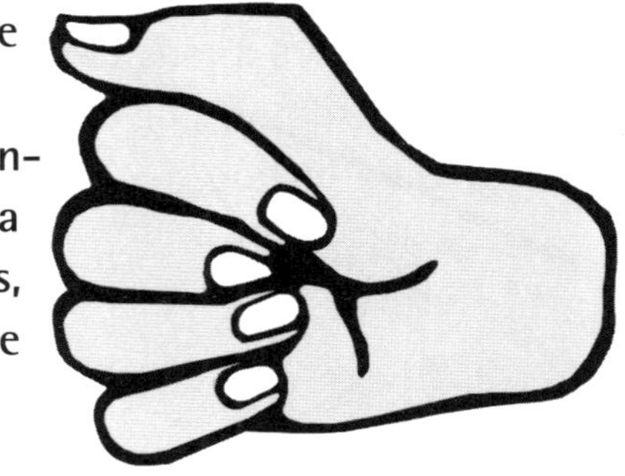

A principal atividade do adolescente é tocar punheta. Isso vai da primeira fase (pré-adolescência) até os 36 anos, aproximadamente, quando, depois de muita análise, passa a tocar a punheta tranqüilamente, sem culpa.

O adolescente do subúrbio, quando não está descascando uma, está soltando pipa para exercitar o braço.

FETICHE DO ADOLESCENTE

São fetiches do adolescente: a professora de português, ou a de inglês, ou a de matemática, ou a de história, ou a de geografia, ou a mulher do cafezinho, ou aquela manicure que dá, ou ainda a mãe boazuda e a irmã do melhor amigo.

O adolescente intelectual, aos onze anos, leu Sartre e tentou um suicídio em Veneza. Todo mundo passa a mão na bunda do adolescente intelectual.

Mas os adolescentes mudaram muito com o advento do McDonald's. Nunca mais foram ao Federal, o Campestre anda às moscas e o Cine Jussara, o saudoso Jussara, senhoras e senhores, o grande Jussara, aquele onde a gente sempre limpava a cadeira antes de sentar, pois é, o Jussara fechou.

Dicas para uma adolescência feliz

DA PUNHETA (COMO ABSTRAIR)

Uma tendência muito utilizada é a de sentar sobre a mão que será utilizada até ela ficar dormente. Assim, você pensa que a mão não é sua. Um complemento para tal técnica é pintar as unhas da dita com esmalte de cores bem vivas. A única ressalva é a radicalização: alguns que começaram a pintar uma das mãos passaram para a outra, pintaram também os pés, os cabelos... e se perderam de vez.

DE COMO ARRANJAR UMA NAMORADA

Beba, beba, beba, beba, beba. Tudo que tiver pela frente. Misture tudo, cheire maconha, tome chope de canudinho. É tiro e queda. Principalmente queda. Você vai vomitar até o baço. Tudo bem, não foi desta vez. Mas, na próxima, ela é sua.

Pouco importa se ela namora aquele lourão que tem um BMW novinho. Isso é detalhe, você vai conseguir. Esquece aquela história de ter que levar um bom papo. Você em pouco tem-

po se tornaria o seu melhor amigo e dali a três dias seria promovido à categoria de irmãozinho. E vai ter que ouvir ela falando do seu profundo amor por aquele sujeitinho que passa as tardes todas surfando ou vendo *Sessão da Tarde.*

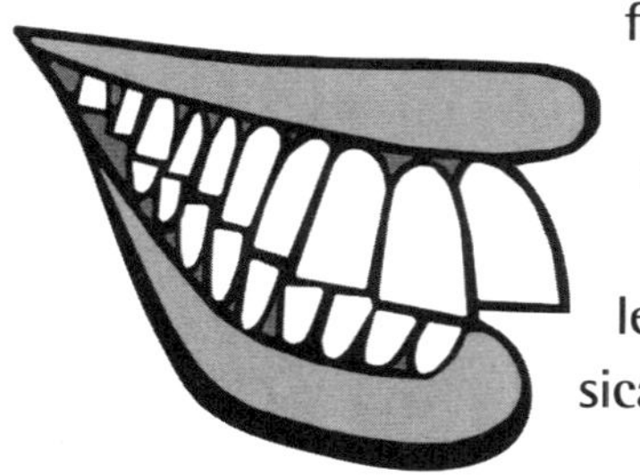

Mas não desanime nunca, pois a adolescência, ao contrário da inflação, das músicas do Gabriel, o Pensador, tem um fim.

Teen-teen por tintim

Se as pessoas maduras, vividas, inteligentes e preparadas têm diversas dúvidas sobre questões cruciais da vida, imagina um ser malfeito, insignificante, metido a revoltado e dotado de um vocabulário precaríssimo como um adolescente?

Se você está nesta faixa de idade complicada que começa no nascimento dos peitinhos e acaba com o fim das espinhas, é preciso saber de algumas coisas.

Primeiro: Precaríssimo quer dizer rarefeito, escasso, muito pouco, mais ou menos como esses pelinhos que estão começando a nascer aí no seu *playground.*

Segundo: Nunca tenha medo de fazer qualquer pergunta; por mais idiota que ela seja, ninguém espera mesmo nada inteligente de você.

Veja agora as principais perguntas que todo adolescente sempre quis fazer mas tinha vergonha de perguntar.

ATÉ ONDE DEVO IR NO PRIMEIRO ENCONTRO?

É uma pergunta que toda menina, ainda crua para as coisas do mundo, se faz. A resposta depende muito de cada pessoa, não há uma regra geral. Mesmo porque, se houver uma regra, você não deve ir a lugar nenhum. Não fica bem, já no primeiro encontro, chegar tirando o OB. Mas o mais importante para saber até onde se deve ir é definir logo quem vai pagar a passagem. Se for você, não vá muito longe; se for ele, pode ir até o Curuzu.

QUANDO COMEÇAR A USAR SUTIÃ?

Olhe para baixo. Está vendo os seus pés? Então fique tranqüila, ainda é muito cedo para pensar nessas coisas. Os peitos são como prédios, quando eles começam a crescer, ninguém imagina que um dia aquilo vai despencar. O sutiã é uma espécie de viga de sustentação para um prédio mal planejado, que não agüenta o próprio peso. O sutiã é também uma espécie de óculos para os peitos. Quando eles estão olhando para a frente, está tudo bem, mas quando começam a ficar estrábicos é preciso botar o sutiã. Apesar dos avançados estudos, ainda não foi inventada a lente de contato para os seios.

TODAS AS MINHAS AMIGAS JÁ TRANSARAM, MENOS EU. POR QUE SOU TÃO DIFERENTE?

Não se preocupe, toda adolescente assim... como diríamos... mocréia se faz essa pergunta. Primeiro é preciso responder a uma questão fundamental: você tem espelho em casa? Em caso afirmativo, ainda é preciso saber outra coisa: seu reflexo cabe no espelho? De qualquer jeito, relaxe, o sexo não é tudo na vida. Existem outros sentimentos mais fortes, como a inveja, por exemplo. Você pode ser aquela gordinha simpática, carente, fofoqueira e se dedicar à política. Quem sabe você não chega a ministra da Economia?

COMO EVITAR A GRAVIDEZ?

Com o advento dos filmes de sacanagem, a sexualidade entre os adolescentes ficou meio confusa. É preciso deixar claro que não há reprodução quando o macho goza na barriga da fêmea. Aliás, o *coitus interruptus*, mais conhecido como "gozar fora", continua sendo um dos métodos anticoncepcionais mais utilizados. Mas cuidado! Explique direito ao seu namorado: gozar fora não quer dizer atingir o clímax em outra rua, outro bairro ou outra cidade.

ELE ESTÁ ME OLHANDO DE UM JEITO ESTRANHO. O QUE DEVO FAZER?

Depende do clima romântico que estiver rolando. Se você e seu parceiro estiverem sozinhos, no escurinho, de frente um para o outro, você deve primeiro verificar se não se trata de um assalto. Sendo ou não um assalto, não é de bom-tom sair pegando na pistola do rapaz.

NO PRÓXIMO LIVRO:

OUTRAS RESPOSTAS FUNDAMENTAIS PARA OUTRAS QUESTÕES FUNDAMENTAIS.

- *Meu namorado quer tatuar o escudo do Bragantino na minha virilha. Devo permitir?*

- *Meu namorado é traficante internacional e, nas horas vagas, terrorista do IRA. Devo contar para os meus pais?*

- *Minha melhor amiga tem buço, fala grosso e me convidou para ir a sua casa ouvir um disco da Adriana Calcanhoto. O que fazer?*

Manual do moderno paquera

— Ô chuchu!

— Você é a sogra que mamãe pediu a Deus...

— Te comia todinha e não palitava os dentes...

Se a sua tática é por aí, se você costuma chamar mulher de tetéia, se você vive chamando tudo quanto é mocréia para ir ali, então não leia este texto. Este artigo é verdadeiramente revolucionário, definitivo e único.

As mulheres mudaram muito nesses últimos tempos. Podemos agrupá-las em três grandes tipos:

1 — Aquelas que não darão jamais pra você.

2 — Aquelas que até dariam pra você.

3 — Aquelas que você já comeu.

No 1º grupo se acham Xuxa, Luana Piovanni, Sheila Carvalho, sua mãe, sua irmã e minha mulher; no 3º grupo está sua mulher. Portanto, estão fora de cogitação. Vamos tratar do 2º grupo, que é o que interessa.

O Paradoxo de Bussen

Erwin von Bussen (1789-1753), cientista dinamarquês que traz em seu *pedigree* extensos e conclusivos estudos sobre o comportamento libidinoso da mulher, definiu:

"Se você está a fim, ela não dá.
Quando você não está a fim, ela quer dar.
Mas à medida que você finge que está a fim de sim,
Ela finge estar a fim de não.
Ou seja, ambos desejam exatamente o oposto.
Logo, ninguém está a fim."

Baseado no princípio de Bussen, fomos buscar no Oriente, no Egito (Alto e Baixo) e em Angola os segredos da sedução, do flerte e do galanteio.

COMEÇAR PELA APARÊNCIA

A não ser que você tenha nascido no III Batalhão de Infantaria e está aí até hoje (inclusive, agora, lendo este livro), você deve saber o que é uma mulher.

De qualquer forma, no mundo contemporâneo, mesmo os consumidores

mais habituais podem se enganar, comendo gato por lebre, dobradinha por hambúrguer e Antenor por Ediléia.

Segundo os grandes gurus dos paqueras, Vagareza e Zé Trindade, só se paquera mulher boa, ou melhor, boazuda. Daquelas que estão no 1º grupo. Logo não é o seu caso. Portanto, vai pegando por aí qualquer jaburu lá na praça Serzedelo Correia, daquelas que usam *bobs* de jornal, henê Pelúcia, esmalte de bolinha e *colant* cor de abóbora.

MÉTODO SILVA MIND-CONTROL

Pensamento sempre positivo. Pela manhã bem cedo, antes da bronha, retirada a touca de meia da cabeça, estufe o peito e berre a plenos pulmões:

"Eu sou o máximo!"

"Eu sou fodão!"

"Meu pau impávido, qual o sol, em plena aurora se levanta decidido, é o pássaro condor procurando seu ninho de pentelhada..."

— Então enfia essa porra no rabo e vai dormir, ô filho da puta.

Como pudemos perceber, esse método possui alguns inconvenientes. Se você mora num conjunto habitacional, jamais o aplique tão cedo. Os vizinhos vão querer introduzir uma ou outra sugestão não muito otimista e podem pôr tudo a perder.

O BOTE

Você tem de impressionar logo de cara, se mostrando original, criativo e de bom hálito. Uma frase seca e direta, contendo um duplo sentido:

— Você tem fogo?

Caprichando no sorriso de canto de boca e no trejeito de sobrancelhas, pode ir logo atalhando:

— Pois eu tenho aqui a mangueira pra apagar esse fogo todo...

Relaxe, se ela fingiu indignação e repugnância. Bolsada de amor não dói. E, afinal, quem desdenha quer comprar.

Se ela atender à cantada usando de um vocativo sensual e carinhoso, "Seu animal!", você aproveita a deixa e solta da ponta da língua:

— Você não é a primeira que diz isso...

Assim, ela ficará sabendo que você é um garanhão e tem na sua carreira um sem-número de lebres abatidas. Nessa hora, suas pernas (as dela) vão tremer, e pode estar certo de que aquela oncinha já está toda molhadinha. No que você volta a atacar. Pode até tentar uma tacada com ironia, mas deixe no tom de sua voz um certo molho de charme:

— Quando e onde? Onde, quero dizer assim... lugar geográfico... pantera... (se requebre um pouco, mas sem exagero).

Ela poderá ficar boquiaberta. Você poderia até aproveitá-la boquiaberta, mas essa tática costuma dar cadeia. Banque o durão, pois bem sabemos que mulher e mingau se comem pelas beiradas. Você já jogou a semente, agora é esperar e colher. Pode até partir pra outra que essa já tá na caçapa... Não se precipite, pois galinha de casa não se corre atrás. A você, na pior das hipóteses, restará sempre a certeza de que ela (a lebre) curtiu o momento.

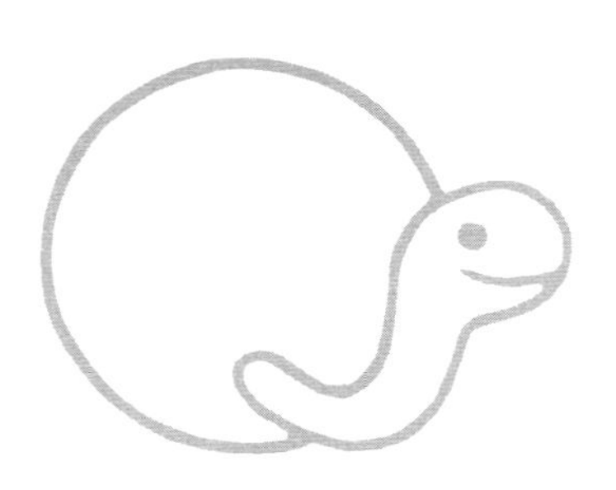

Educação sexual: cai de boca no meu...

Há muito vem se debatendo o problema do ensino de educação sexual para crianças e adolescentes.

Muita gente já se descabelou por este tema, e outros apresentam as mãos calejadas de tanto debater. Mas a realidade é que ninguém tocou ainda no ponto G, aliás, desculpem, no xis da questão.

As nossas escolas estão muito desatualizadas em relação a essa temática e continuam ensinando conceitos extremamente ultrapassados. É hora de tomarmos consciência de que ter uma boa educação sexual não é só aprender a comer de boca fechada. Isso também é importante, evidentemente, mas não é o fundamental.

A verdade é que Educação Sexual todo mundo tem um pouco. Nunca ouvi falar de ninguém tão desinformado que tentasse fazer sexo enfiando o cotovelo no sovaco da parceira. Na hora da coisa, todo mundo sabe o que fazer.

O grande problema da Educação Sexual é o *timing.*

Não existe esse negócio de vergonha, de não saber onde colocar as mãos. Todo mundo sabe muito bem onde deve colocá-las, só não sabe se já é o momento. É essa a grande questão que deve ser enfrentada pelos nossos orientadores sexuais de hoje.

Noventa por cento dos problemas que enfrentamos nessa área são decorrentes de uma falta de padronização do ensino da Educação Sexual. Sim, porque, vejam bem, se meninos e meninas estudassem pela mesma cartilha, a maior parte dos problemas já teria sido superada. Na realidade, é tudo uma questão de códigos diferentes.

Todos sabemos que as meninas se educam sexualmente através das fotonovelas, das *Sabrinas* e das revistas *Nova, Cláudia* e *Carinho*. Já os varões recebem a mesma orientação pelas revistinhas de Carlos Zéfiro, fotonovelas da Cicciolina, *Fiesta, Club, Privé, Internacional* e, num último estágio, como que um doutorado, *Rudolf* e *Anal Sex*. E aí é que os códigos se embaralham. Vejamos, por exemplo:

Eles são primos. Ela tem dezessete anos. Ele tem dezenove. Eles cresceram juntos e moram na mesma casa. Ela gosta dele como irmão. Ele acha que ela é prima mesmo, e prima mais nova é louca para dar para primo mais velho, é só questão de oportunidade. Ela conta pra ele que acabou com o namorado e que está muito triste. Ele pensa: "Ela deve estar sentindo falta de uma pica. Essa xoxotinha deve estar coçando!" Ela diz que está cansada de tudo e precisa dar um tempo. Ele propõe uma viagem, ela topa.

Ela sai pra comprar um livro e um bronzeador. Ele compra vinho, maconha e camisinhas.

Eles entram no ônibus, só há lugar nos dois últimos bancos. Ela pensa: "Que merda! Logo aqui ao lado do banheiro!"

Ele pensa: "Que beleza! Se bobear eu traço ela aqui mesmo..." O ônibus sai e as luzes se apagam. Ela acende a luzinha em cima dela e começa a ler. Ele também acende sua luzinha, mas fica olhando para ela. De repente, num estalo, ele tem uma idéia brilhante. Agora ele está fingindo que dorme, com o foco de luz bem em cima do pênis, que ele endurece ao ponto máximo se imaginando na cama com a Tiazinha. Ele pensa: "Agora ela está olhando o volume nas minhas calças, mordendo os lábios e pensando como vai ser bom agasalhar esse jebão." Ela dorme.

Eles chegam à casa de praia. Ele vai entrando no quarto de casal. Ela entra no de solteiro. Ela diz que esqueceu a escova de dentes e pede a dele emprestada. Ele vibra: "Ah-ah! Eu sabia que essa piranha queria sentar numa manjuba!" Ele sabe que emprestar escova de dentes e chupão de língua são duas versões da mesma história. Ela vai fazer xixi, deixa a porta do banheiro entreaberta. Ele raciocina: "A putona tá me provocando, eu vou dar o que ela gosta!"

Ele entra no banheiro com o pauzão pra fora da calça e diz: "Priminha, deixa comigo, eu estou aqui pra satisfazer essa bucetinha sedenta de sexo!" Ela fica estarrecida: "Vo-vo-você está louco!? É que eu pensei que pudesse contar com um amigo. Você não vê que eu estou passando por um momento difícil da minha vida? Que decepção! E... sai já daqui que eu tô menstruada!" Ele pensa: "Oba! Hoje é cu!"

Este foi apenas um exemplo do tipo de desentendimentos que ocorrem nesta área. E o pior é que esta situação só vai melhorar quando as professoras se liberarem dos seus preconceitos e se conscientizarem de que quando elas pegam naquele pedaço de giz e se viram para o quadro-negro é porque estão a fim de dar aquela bundinha maravilhosa para o aluno da primeira carteira.

5

MASTURBANDO-SE A SI MESMO

"A punheta é tão importante que deveria ser batida pelo presidente do clube."

NENÉM PRANCHA

A punheta e os novos tempos

O verdadeiro cientista social não é aquele que fica estudando escravismo, neocolonialismo, instrumentos do poder ou babaquices afins. O cientista social que quer transformar, que quer realmente transgredir tem que se voltar para os temas que afligem de forma profunda a cultura de nosso povo. Todo mundo sabe que o Brasil é o país dos punheteiros, menos os cientistas sociais. Já está na hora de nossos acadêmicos estudarem assuntos sérios como a punheta, em vez de ficarem descabelando o palhaço pra Luma entre um documento histórico e outro. Mais teoria e menos prática!

A liberalização dos costumes, notadamente nos últimos anos, fez com que o mercado de enredos punhetais aumentasse sobremaneira, trazendo novos problemas para os nossos adolescentes punheteiros e aumentando a produção de bronha de uma forma geral. O Brasil mudou. A sua empregada agora vota no Lula e você não vai comê-la pra não acirrar contradições, certo?!

Voltemos alguns anos no tempo. Você se lembra quando era aquele rapaz cheio de disposição mas com uma incrível dificuldade de enredo para bater uminha!? Comprar Carlos Zéfiro era uma operação clandestina. Exigia um trabalho de contato com o jornaleiro, seguido da aproximação e, finalmente, depois de meses, você ficava, enfim, amigo dele e ele se tornava seu fornecedor. Mas quantas Mônicas e Cebolinhas você não teve que comprar pra ganhar a confiança dele? E malocar as revistas em casa? Lembra? E quando o estoque começava a aumentar? Mas até ter o seu fornecedor exclusivo de revistinha sueca você se virou com tudo.

Anúncio de sutiã da *Cláudia*, *Manchete* de carnaval. Tem um amigo meu que tocou punhetas pra Penélope Charmosa! Lembra?

E as técnicas? Pintar as unhas de vermelho pra parecer mão de mulher. Sentar na mão até ela ficar formigando pra não sentir ela durante o ato. A punheta era uma arte. Exigia antes de mais nada pesquisa e criatividade.

E isso tudo mudou. Quem precisa de Carlos Zéfiro ou revistinha sueca, quando às dez da manhã rola as Sheilas do É o Tchan rebolando pra lá e pra cá?

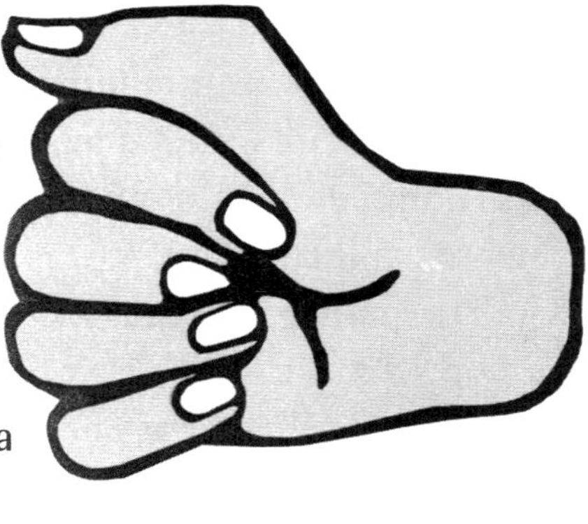

Mas a bronha, assim como o futebol, não piorou nem melhorou, apenas mudou. Didi seria um craque do futebol hoje? Provavelmente sim, mas ninguém garante. Da mesma maneira a garotada hoje (e você também, seu punheteiro!) encara a punheta de forma diferente. A polêmica bronha-arte ou bronha-força surge dividindo opiniões, arrebatando discussões intermináveis. Ouve-se falar do movimento pós-punheta, que valoriza revistas de Carlos Zéfiro, mas só amareladas e cheias de manchas. Sexo explícito pra eles é *out*. Existe uma tendência mais romântica e menos saudosista que curte mesmo é se acabar com *Carinho*, a revista da gatinha. E tem o movimento Punheta-Livre, que defende o "5 contra 1, seja como for". Os mais radicais da tendência *heavy anal-sex* só praticam o sexo solitário com pelancas. A mulher tem que ser muito escrota e a fotografia deve ser em preto-e-branco e da pior qualidade possível. Muitos argumentam, inclusive, que essa modalidade não merece ser definida como bronha-força, mas como bronha-arte, se bem que arte surrealista. Existem inclusive os que se autoproclamam punheteiros-verdes, que defendem a bronha-pura, ou a imaginação. Alguns mais puristas defendem a punheta sem mãos, só no pensamento. Enfim, a polêmica é infindável. O mundo moderno, com seu avanço tecnológico, traz novas tendências a cada dia. A paranóia da AIDS também mudou o comportamento punhetal. Em certos países, aconselha-se a masturbação de camisinha e luvas, pois todo cuidado é pouco. Tudo muda a cada hora, e os amigos de Onã acompanham a evolução. A criatividade e a pesquisa persistem, mas mudaram de rumo. Em outras palavras, o assunto é vasto. Um desafio para os estudiosos. Mas os nossos cientistas sociais preferem não ver. Eles preferem dizer que "futebol é o ópio do povo" ou inventar polêmicas culturais.

Na intimidade de seus lares eles compram a *Playboy* pra ler a entrevista do ministro da Economia na sala e o pôster central no banheiro, e ainda morrem de tesão pela vizinha do 103, que, com todas as mudanças de comportamento, continua dando mais enredo que a novela das oito. Por quê? A sua é a do 204? Ela é demais, né? Já viu o biquininho que ela usa quando vai à praia? Pô, eu não güento! Dá só um minutinho que eu vou ali dentro que tão me chamando. Eu volto já, não demoro. É rapidinho.

Pergunte ao bronha

CARO BRONHA,

Tenho doze anos e meu maior sonho é tocar punheta numa banda de *rock*. Mas meus pais não me dão a menor força, e, quando eu fico trancado no banheiro estudando, eles ficam batendo na porta e ficam dizendo que se eu não parar vai nascer cabelo na minha mão e que eu vou ficar cheio de espinha e eu vou ficar cego e que meu pau vai cair. E ainda por cima, não tenho dinheiro pra comprar um amplificador. Que que eu faço?

Serginho (SP)

MEU QUERIDO PÔNEI,

Você já está na idade de falar abertamente com seus pais sobre *rock'n'roll*. Mostrar pra eles que na adolescência a gente gosta de ficar trancado no banheiro, mas, à medida que o tempo passa, o gosto vai se apurando e a gente não larga mão dessas bobagens e passa a curtir coisas mais refinadas, como o sexo com sanguessugas, a ordenhadeira mecânica, o aspirador de pó e o cachorro desdentado, o melhor amigo do onanista.

CARO BRONHA,

Meu nome é Danielle Aparecida, tenho quinze anos (mas corpinho de treze) e aprendi um truque com o meu irmão, o Cléverson Carlos, que me disse que, se a gente sentar em cima da mão até ela ficar dormente, na hora de me masturbar ia parecer que era mão de uma mulher. Acho que tem alguma coisa errada, seu Bronha, porque eu não quero ser lésbica que nem o meu irmão. Será que dava pro senhor me explicar esse lance?

— *Danielle Aparecida (MG)*

MINHA POCHETINHA,

Você não entendeu direito. Você tem é que sentar em cima da mão do seu irmão até seu traseiro ficar dormente. Aí sim você terá a sensação de que a sua bunda é a bunda de outra pessoa.

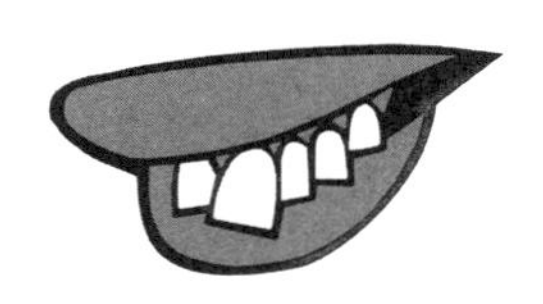

Estudo de caso: conversando com o Policarpo

Você está em casa, deitadão no sofá. É um sábado, noite, o Inter de Limeira está ganhando de dois a zero, mas o Luciano do Valle acredita que a sua Lusa pode virar. Você levanta para aumentar a TV, no meio do caminho o calção do pijama cai inerte aos seus pés. Acontece o inevitável, você olha envergonhado para o Policarpo, que, cabisbaixo e já cansado de pedir, nem te olha mais. Ele te acha um bundão. O telefone toca, vocês dois levantam a cabeça juntos: "Bem que podia ser uma mulherzinha!"

— Oi, é a Aninha, aqui do 1.003... Eu tô dando uma festa, você não vem não?

O Policarpo já está prontinho, se esticando na direção da porta, você diz:

— Calma, Policarpo!

E ela:

— Policarpo? Quem é Policarpo?

— Ahn... É um amigo meu...

— Ah, então chama o Policarpo também... — Ele fica dando pulinhos de alegria...

— Eu não sei... — Gol do Inter, 3x0. — Tá bom, eu vou!

Enquanto tomam banho, você tenta convencer o Policarpo a se controlar, você já está cansado de passar vergonha por causa dele. Ele promete se comportar quando você ameaça colocar aquela cueca estranguladora. Pronto... O Policarpo dormiu...

Em silêncio, você vai vestindo a roupa e sai devagar, de fininho.

Dim-dom. A porta se abre. Aninha está trajando uma microssaia que te tira do sério. Enquanto você tenta adivinhar a cor da calcinha, Policarpo já acordou aos berros: "É rosa! É rosa!" Você pensa na sua mãe morta no caixão. Ele se acalma.

— Oi, tudo bem?

— Oi, Marquinho, entra... O Policarpo não veio? — Ele começa a se remexer de novo. Você se arrepende amargamente de não ter colocado sua cueca estranguladora. Você não aprende, Marquinho. Deixar o Policarpo solto assim em festa é pedir para passar vergonha! Você resolve ir ao banheiro. No caminho, duas meninas te pedem um dropes, você diz que não tem e pronto, vira o antipático da festa.

— Deve ser judeu! Não custava nada dar um dropes pra gente!

Elas não olharam direito, você não é judeu.

Entrando no banheiro, você já está desesperado. Bate a porta e resolve ter um papo muito sério com ele, mas o Policarpo já está travado, não consegue se acalmar. A dona da casa bate na porta e grita:

— Marquinho! Se for bater alguma coisa, bate no mármore da pia, tá?

O Policarpo te olha sorridente.

Você resolve atender a seus desejos, sonhando em ter um pouco de tranqüilidade na festa. Sai do banheiro mais tranqüilo. Policarpo também relaxou e está mais afável. Dois garo-

tões altos e fortes, com pinta de surfistas, entram no banheiro. Enquanto você respira fundo, se preparando para voltar ao salão, alguém grita no banheiro:

— Que porra é essa!?

Antes que você tenha tempo para pensar, o Policarpo já responde orgulhosamente:

— É minha!

Daí pra frente você não entende mais nada, fecha o tempo e você acaba do lado de fora da festa aos gritos de "tarado, tarado!".

Desolado e humilhado, você entra no elevador. Aperta o botão do seu andar. Se segurando nas paredes, você consegue chegar ao seu apartamento e abre a porta pendurado na chave. Lá dentro, na TV ainda ligada, o técnico da Lusa explica que perdeu de seis a zero, mesmo jogando bem. Você cai no sofá e olha para o Policarpo. Ele engole seco. Pensando bem, até que foi engraçado. Você ri, dá um tapinha nas costas do seu amigo e comenta:

— Policarpo, tu é o maior cabeça!

6

HOMOSSEXUALISMO ENTRE PESSOAS DO MESMO SEXO

"Podem sentar à vontade."

PROFETA KHALIL M. GIBRAN

Homossexualismo, uma introdução

Uma questão que muito preocupa a todos nós é a questão do homossexualismo. Muitos pais consultam sexólogos, educadores, com dúvidas a respeito do comportamento de seus filhos. Nós vamos finalmente esclarecer esse assunto.

A começar, vamos acabar com um mito: o homossexualismo não é uma doença — é uma coisa muito pior! (Doença tem remédio.) Imagine o senhor, um bem-sucedido na vida, um homem de respeito, com uma certa posição, passa a ser conhecido como "pai do viadinho do 1.002"! Ou agüentar as chacotas no trabalho, os risinhos dissimulados no elevador, ou mesmo o pior! Numa terça-feira de carnaval, ao ligar seu televisor, dar com o Neco, que você sempre sonhou que seria zagueiro central do time da rua, fantasiado de Assurbanipal, Apogeu e Glória do povo assírio, categoria luxo!

DA PREVENÇÃO

Nesse caso a prevenção é fundamental. Observe cuidadosamente os hábitos de seu filho. Existe uma série de indícios que absolutamente não são conclusivos: uma roupa mais colorida, uma calcinha na gaveta, o desaparecimento de um batom ou dos pepinos que o senhor comprou sábado na feira, se seu

filho trancou engenharia para fazer teatro, abandonou o curso de inglês para fazer expressão corporal e *jazz*, se tranca no quarto para ouvir ópera com o amiguinho. Tudo isso pode ser uma aviso, mas nunca tire conclusões apressadas. As conclusões podem ser lentas mesmo. O senhor com certeza é pai de um perobão, um *gay*, um viado, um fresco, uma bichona. Ah! Ah! Ah!... Pai do viadinho do 1.002, hein?

Calma, calma, calma! Não se desespere! Existem dois métodos de se combater esse mal. O primeiro é usando a psicologia: enfie-lhe a porrada. Bata nele até ficar roxo. Roxo, não, que é cor de viado. Depois interne-o uma semana numa zona e, finalmente, coloque-o no Exército, na cavalaria. Na infantaria não (é "a rainha das armas"). Quem sabe ele não acaba comandando uma dessas divisões blindadas, aqueles canhões, aquelas bazucas cuspindo fogo e ele lá na frente gritando: "Homens, comigo ao ataque." Uhhhh! Uma loucura. E o banho então? Ahh! É bom parar por aqui.

2º MÉTODO

A saída preconizada pelos modernos educadores é a da compreensão, do amor e do carinho. Converse tranqüilamente com seu filho, procure entendê-lo, seja ainda mais companheiro. Saia com ele, freqüente os mesmos bares, conheça seus amigos, torne-se amigo deles também, conheça o mundo de seu filho, você verá que o mundo *gay* não é tão mau assim. Existem compreensão, sensibilidade, afeto, companheirismo...

— Aí, hein, o viadão do 1.002! Dando muito esse cuzinho?

— Pobre Dona Duzinete...

— Vai ver é sapatão!

— Naquela casa ninguém dorme!

— Deve ser uma loucura!

Dra. Oswalda Aranha responde

DÚVIDA ATRÁS

"Cara Oswalda,

Em termos de infância, a minha foi muito difícil. Eu sempre fui, enquanto pessoa, reprimida pela sociedade pequeno-burguesa, chauvinista e opressora. Meus pais me mantinham num verdadeiro cativeiro, presa às 96 paredes dos 24 quartos de minha pequena mansão. Nessa época, enquanto ser psicológico, eu ainda nem suspeitava de minha vocação, muito embora já vestisse todas as bonequinhas Suzy da minha coleção com roupas do Vigilante Rodoviário.

O primeiro grande choque de minha vida eu tive aos 28 anos, ao descobrir que nem todos os lares do mundo possuíam uma piscina com água aquecida. O segundo, aos 29, ao encostar o dedo num fio desemcapado de meu abajur lilás."

Maria Eudóxia Bueno Vidigal Camargo Correia (SP)

Cara Maria Eudóxia,

A descoberta de nossa identidade sexual, como todo crescimento, é um processo doloroso no qual o ser humano, às vezes, passa anos sem poder sentar. Mas não se desespere, no seu caso não há nada que um bom suicídio não possa resolver.

DÚVIDA ATROZ

"Querida(o) Oswalda,

Lembra de mim? Sou aquela(e) moça(o), nascida(o) no(a) Brasil, filha(o) de portugueses(as), que tinha problemas de inteligência, que a(o) senhora(sr.) resolveu tão bem. Sou a(o) Maria João, filha(o) da(do) Maria José, e do(a) Antônio Maria. Dra.(Dr.), tenho tido sérios(as) problemas de identificação sexual, não sei qual é o(a) meu (minha) sexo. Sei que é difícil identificar, perceber assim por carta, a(o) gravidade do(a) problema. Pois o(a) sintoma se mostra sutilmente. Já escrevi para um psicanalista e ele gentilmente sugeriu que eu fosse tomar no(na) cu. Não pude fazê-lo(a), pois não sei se isso é uma(um) prática do(da) sexo feminino(a) ou do(da) sexo masculino(na). Espero que você possa me ajudar a resolver essa questão. É muito grave, e está cada vez pior. Há três dias eu não consigo fazer xixi, pois, sem saber se sou homem ou mulher, como posso decidir se mijo sentada(o) ou em pé?

Indecisa do Grajaú — RJ

Cara(o) Indecisa(o),

É claro que me lembro de você. Seu problema é muito grave mesmo e, honestamente, muitos psicólogos até hoje não sabem se são terapeutas ou terapeutos. Sugiro que você olhe entre as pernas com cuidado e faça por carta uma descrição detalhada do que você viu. Enviarei assim que possível sua descrição para nosso centro de pesquisas em Genebra. Se puder envie fotos também, facilitará muito nosso trabalho. Por enquanto, acho que a medida adotada de não mijar é providencial. Aguardo sua carta com maiores informações.

7

DISFUNÇÕES E ENFERMIDADES: O SEXO, MOLÉSTIA À PARTE

"Quando o órgão genital do hermafrodita está sangrando, é menstruação ou fimose?"

Doenças sexualmente transmissíveis

PROF. FRITZ VON KAHN

Com o advento da AIDS, voltou à baila um assunto que o Benzetacil havia remetido a divertidas recordações do passado: as doenças venéreas. O fato é que esse negócio de doença venérea não é pra ficar por aí comentando, muito menos na frente das meninas. Virou moda agora discutir camisinha em coquetel e em caderno de cultura. Tem que acabar com essa frescura! O nosso negócio é doença de macho, daquelas que ardem e deixam a chapeleta inchada.

Aí sim, eu quero ver!

Lembra daquele dia, depois de uma noitada de Sodomia e Gomorria, quando você acordou com dor de cabeça, sem saber onde estava? Olhou pra baixo, pro seu companheiro de farras, e não conseguiu lembrar por que ou como conseguiu rebocar aquela mocréia que ronca ao seu lado na cama. Você olhava pro bimbo. Ele olhava pra você. Aquele constrangimento. Mais uma semana e lá estava ele, abatido, caído, fungando pelos cantos da cueca. Nada tema. Estamos aqui pra orientar o leitor desavisado. Antes que o seu pau fique roxo e caia, leia esse artigo.

O principal é sempre prevenir. Para ajudar você e seu pau, descrevemos em seguida a sintomatologia básica e a terapêutica indicada para cada caso, procurando estudar a etiologia de cada um dos principais males.

CHAPELETA LEVADIÇA
(ou Prepúcio do Cubatão ou Coice de Mula ou Mal de Bussen)

— Erwin von Bussen foi, sem dúvida, o cientista que mais se dedicou à descoberta de doenças venéreas, pegando todas e ainda criando algumas. A contribuição do Dr. Bussen nesse campo foi tão vasta que, em sua homenagem, foi criado o Instituto Von Bussen de Doenças Venéreas, localizado na Praça Mauá, Rio de Janeiro. O famoso "mal de Bussen", uma das principais descobertas do eminente professor, caracteriza-se por uma desarticulação da glande do restante do corpo peniano, chegando nos casos mais críticos a formar um perfeito "L" (existem relatos do corpo peniano ter formado a palavra "Leopoldo"). Este mal traz consigo muitos transtornos, principalmente na hora de urinar ou ejacular, quando é possível molhar a ponta do nariz. Faça um torniquete, chupe o local, mas cuspa, não engula, coloque uma tala e chame um médico.

BABA DE MOÇA **(ou Gripe Peniana)**

— Antes de se dedicar à cura da paralisia infantil, o cientista Albert Sabin pesquisou esta doença, ganhando pelo seu trabalho o Prêmio Von Bussen de 1958 e se desquitando de sua primeira esposa.

Trata-se de um corrimento masculino, um tipo de coriza. Muito inconveniente, traz àqueles que dela sofrem muitos transtornos e situações embaraçosas quando o seu pau espirra ou fica à noite fungando insistentemente, não deixando dormir

a sua companheira. Sem dúvida, atrapalha o convívio social. A fase mais aguda é a Sinusite Pélvica, com complicações da pleura e do entressaco. Terapêutica indicada: escalda-pau com água fervente, esfregar com sapólio, nebupaulização com Halls Mentoliptus (extra-strong). Depois polvilhar o local com Vim.

ÂNUS CARCOMIDO (ou Chicão Pelado ou Lady Laura)

— Doença parasitária cujo transmissor é um pequeno inseto encontrável debaixo da sua cama. Esse animalzinho, também conhecido como Carúcula, no interior de Minas, ou Perrengue, Guaxuleba e Imbiriboca, é portador de um microorganismo, o HTVL-03-Luxo, que, uma vez introduzido na reta retal, vai corroendo por dentro as entranhas do portador, ocasionando em seu estágio terminal o popular "CUOCO". Trata-se de uma moléstia incômoda e dificílima de disfarçar, uma vez que, quando o portador se senta ou cai com o traseiro em superfícies rígidas, faz "BONG".

MAL DE BROÑEL

O padre jesuíta Rodrigo de Broñel desenvolveu, na segunda metade do século XVI, na Espanha, esta doença peculiar, cuja principal característica é o nascimento de tufos de cabelo na

ponta da chapeleta. A etiologia é basicamente a prática exagerada do coito anal, que, ao longo dos anos, mercê do acúmulo de matéria fecal no local, vai adubando a região, fertilizando a glande e favorecendo a propagação dos pêlos.

CACHARREL DE BICO INCHADO

(ou Ampulhetão ou Cinturinha de Moça ou Tênis Novo ou Cefaléia Peniana)

Essa temível moléstia, extremamente dolorosa, atinge o homem no coito, quando o prepúcio não esgarça suficientemente, estrangulando o fluxo sangüíneo para os corpos cavernosos, provocando inchaço, dores, edemas e pústulas. Forma-se a popular "Crista de Galo" ou "Couve-Flor" na ponta do cabeção. Em sua forma aguda leva ao hospital, e, em sua forma crônica, ao Marrocos. Muitas vezes obtêm-se bons resultados trocando a marca da cueca. A ciência não avançou nada na cura dessa doença.

CHUVEIRÃO BLENORRÁGICO

(ou Mal de Corona ou Cabezas Cortadas — de Gláuber Rocha)

Mal provocado por um parasita que penetra na uretra e provoca a difusão de orifícios na extremidade posterior do pênis masculino. A quantidade de laudas já escritas não deixou à ciência espaço para a cura de tal moléstia.

MINIPIMER VAGINAL

Trata-se de violenta contração vaginal, causando a trituração de qualquer objeto que esteja naquele momento envolto pelo "pastel de cabelo". Bom para moer carne, fazer patê ou um bom suco de pica. Quem tenta penetrar uma mulher que sofre desse mal fica imprestável para os jogos do amor. A única terapêutica indicada para quem insistir em penetrá-la é bater com martelo de carne para amolecer bem, temperar com sal e pimenta-do-reino, untar a frigideira com óleo e fritar, pois, como pau, no sentido original da palavra, aquilo não serve mais.

NOTA IMPORTANTE

Todas as mulheres transmitem doenças venéreas, menos minha mãe, minha irmã e minha esposa. Isto porque a mulher tem por natureza um comportamento galinha e promíscuo, dando para qualquer um, não se importando se o seu parceiro mandou fazer seu pau na H. Stern ou o achou no banheiro do Maracanã. Nem tampouco se ele acabou de comer o Hubert e limpou o pau na cortina. Enfim, o risco é sempre alto.

Glossário

A ciência catalogou até hoje 23.456 doenças venéreas, mais 56.057 dialetos e um sem-número de variações. O *American Journal of Venereal Diseases and Pennis Affair* estudou e catalogou doenças encontradas no Brasil. Veja a lista e escolha uma. Ou duas.

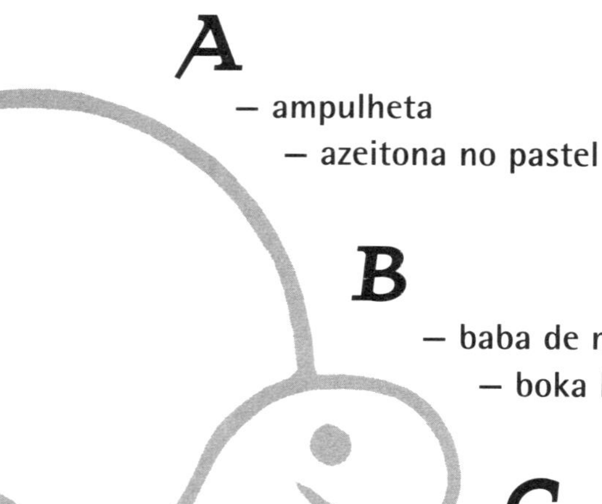

A

– ampulheta
– azeitona no pastel

B

– baba de moça
– boka loca

C

– cacharrel de ponta escalavrada
– cancro mole
– cancro mole duplo
– cancro mole de nó de saco
– cancro de serra de bico inchado
– cefaléia peniana
– chapeleta levadiça
– chuveirão (também conhecido como mal de corona)
– cinturinha
– coice de mula

E

– escalavramento exagerado purulento com asma

F

– filha de lavadeira
– fratura exposta peniana

G

– gengivite anal
– gonorréia dupla enviesada cercada pelos sete lados
– gripe de jeba

I

– inhaca xerecosa

M

– mau hálito

P

– pastel estragado
– pau-cavalo
– péla-saco
– pescoço de frango
– prepúcio de cubatão

R

– racha soldado
– repolhão
– rompimento na mutreta

S

– sífilis gonorréica de bicha canhota
– siso incluso inclusive

T

– trinca papaiz
– trouxa rouxa

X

– xereca Braun-Minipimer

Tudo que você queria saber sobre Aids mas nunca teve coragem de perguntar

Se você acha que nós vamos dizer que para evitar a infecção basta mudar de calçada e fingir que não é com você, pode tirar o cavalinho da chuva. Porque seguro morreu de velho, e nós não estamos aqui pra botar azeitona na empada de ninguém (relação de altíssimo risco e com grande probabilidade de intoxicação).

Algumas pessoas, movidas pela ignorância e pela paranóia, acreditam que podem contrair a doença bebendo sêmen no mesmo copo usado por uma pessoa infectada ou apertando a mão e o pau de um travesti. Tudo isso não passa de crendice e superstição! A melhor maneira de se evitar a infecção ainda é fazendo um bom despacho numa encruzilhada ou uma simpatia com alho, mastruço e catuaba. Eu não acredito nessas coisas, mas, pelo sim, pelo não, não custa nada, né? Sabe lá?... O importante é ter sempre em mente que:

AIDS É IGUAL A PASSARINHO:
É DE QUEM PEGAR PRIMEIRO.

O vírus foi encontrado em todos os fluidos corporais: o catarro, a meleca, a remela, o esmegma e o ranho. Basta você entrar em contato com qualquer uma dessas nojeiras pelo telefone 266-meia mole-meia dura, falar com Ivan (relação oral de alto risco), e você receberá inteiramente grátis em sua casa um vírus da AIDS.

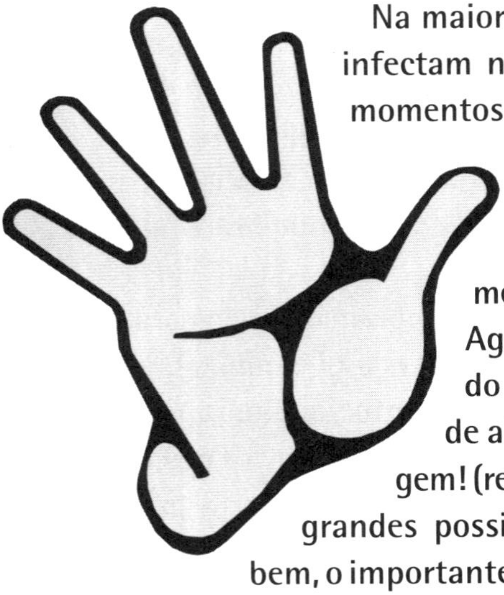

Na maior parte das vezes, as pessoas se infectam nos contatos sexuais, naqueles momentos em que há troca de óleo e de fluidos corporais. É foda. No meu tempo, era a maior dificuldade você comer alguém, as meninas faziam o maior jogo duro. Agora que o negócio tava ficando bom, pinta essa porra! (fluido de alta periculosidade). Pô, sacanagem! (relação possivelmente segura mas grandes possibilidades de risco). Mas tudo bem, o importante é tomar as devidas precauções, não se desesperar e lembrar sempre que:

O SEXO COM SEGURANÇA, DESDE QUE DENTRO DA CABINE E NÃO NA FRENTE DE TODO MUNDO NO BANCO, PODE SER GRATIFICANTE.

QUEM CORRE O RISCO DE INFECÇÃO

Todo mundo, mas principalmente:

1 — Pessoas do 1º grupo.

2 — Escolas de samba do 1º grupo.

3 — Pessoas que tiveram contato com pessoas do 1º grupo e caíram, para o 2º grupo.

4 — Parceiros sexuais de empresários da FIESP.

5 — Elementos que tiveram contato sexual com integrantes da Torcida Suicida do Botafogo.

6 — Costureiros que usaram agulhas não-esterilizadas de integrantes dos grupos 1 e 2.

Se você não se encaixa em nenhum desses grupos, experimente usar vaselina ou Creme Nívea. O importante é ter sempre em mente que:

TUDO É FORÇA, MAS SÓ DEUS É PODER!

AIDS: A DOENÇA E SUA TRANSMISSÃO

Algum tempo atrás, poucos sabiam da existência da AIDS. Quase ninguém era capaz de dizer o que esta doença significava, qual era a sua mensagem, a sua proposta, se era uma coisa realmente nova ou se era mais uma armação das multinacionais.

Hoje, graças a um excelente trabalho de divulgação, tendo por trás (relação de alto risco) um tremendo esquema promocional, a AIDS se espalhou por todo o mundo, sem distinção de credo, raça, cor, sexo e time. Por falar nisso, que time é teu? (Relação possivelmente segura mas com taxa considerável de periculosidade.)

Os estudiosos nordestinos divergem quanto à origem desta moléstia da molesta. Alguns crêem na teoria de que foi trazida por macacos rastafáris das ilhas do Caribe. Outros cientistas defendem a tese de que os porcos do Haiti são os verdadeiros responsáveis pela praga. Uma terceira corrente insiste em afirmar que a coisa começou num grupo de perereacas promíscuas da África.

Na verdade, o surgimento da AIDS se deve a um somatório de causas, uma série de fatores, vetores e condicionantes, determinantes e variáveis, uma coisa muito complicada, vocês não iam entender mesmo. A primeira coisa a lembrar, portanto, é:

AMAR É JAMAIS TER QUE PEDIR PERDÃO E COMPROVANTE DE TESTE DE AIDS NEGATIVO.

COMO EVITAR O CONTÁGIO

Chegamos à parte chata da coisa. Todo tratamento de prevenção tem o seu ônus (orifício de altíssimo risco). Mas é muito simples. Você só tem que mudar o seu comportamento sexual. Vamos parar com essa galinhagem de sair por aí dando pra todo mundo. Toma jeito na vida, meu irmão! Tás pensando que berimbau é gaita? Outra forma de se evitar a AIDS é adotar a abstinência sexual em horário integral. Mas isso não quer dizer que você tenha que abdicar do seu prazer. Já vai longe o tempo em que moralistas e pregadores fanáticos tentavam controlar a sexualidade das pessoas com ameaças de inferno, castigos draconianos, ordens de despejo e planos econômicos. Não, nada disso. Vivemos uma outra época, muito pior! Não se pode confiar em ninguém. Hoje em dia todo mundo quer levar vantagem em tudo, passar os outros pra trás (relação de inenarrável grau de periculosidade).

No entanto, as pessoas que desejam ter uma vida sexual normal, em vez de ficarem trancadas em casa de madrugada assistindo ao programa do Amaury Jr. (atividade possivelmente arriscada), têm que botar na cabeça (relação potencialmente perigosa) que a mudança de hábitos sexuais arraigados pode ser uma experiência prazerosa e gratificante.

O importante é lembrar que:

CINEMA AINDA É A MELHOR DIVERSÃO.

Serviço de orientação educacional sexual

Os sexólogos, quando não estão trepando, estão sempre pensando em sacanagem e em maneiras de ajudar você a reduzir o risco de infecção pelo vírus da AIDS durante o contato sexual.

Antes de mais nada, os especialistas dividiram as múltiplas possibilidades sexuais em três grupos distintos, a saber:

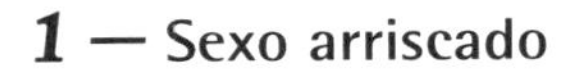

1 — Sexo arriscado
2 — Sexo menos arriscado
3 — Sexo seguro bradesco

O importante é ter sempre em mente que:

O SEXO SEGURO NÃO É CHATO,
CHATO É O BAFO NO CANGOTE E
A UNHA NO CALCANHAR.

1 — Sexo arriscado

Toda atividade sexual em que o fluido de um indivíduo passar para o isqueiro de seu parceiro é altamente arriscada. Também é considerada de alto risco toda e qualquer prática sexual que envolva pessoas com ferimentos, lesões, escoriações e cortes profundos, o que tem levado os cronistas esportivos a diagnosticarem o fim iminente do futebol brasileiro. Os cientistas são unânimes também em afirmar que o risco de contágio é diretamente proporcional ao número de parceiros, mas não se desespere.

Deve-se ter sempre em mente que:

O que importa é a qualidade e não a quantidade das relações. De que adianta você transar com a Malu Mader, a Xuxa, a Cláudia Raia, a Maitê Proença e a Carolina Ferraz, se isso será apenas uma aventura fútil e passageira que nada acrescentará à sua vivência enquanto ser humano?

Principais práticas arriscadas:

A) RELAÇÃO VAGINAL SEM PRESERVATIVO E SEM FRESCURA

Os cientistas estão surpresos com a versatilidade do vírus da AIDS, pois ele pode ser encontrado no sêmen, na secreção vaginal e no baixo Gávea. Apesar de o risco desse tipo de relação não ser de todo mau, é preciso observar bem se o pênis ou a vagina do seu parceiro não estão escalavrados, pois qualquer escalavramento, por mais microscópico que seja, pode permitir a entrada do vírus que, mesmo que não tenha convite, sempre acaba entrando dizendo que conhece alguém lá dentro.

B) RELAÇÃO ANAL SEM PRESERVATIVO E SEM VERGONHA

A relação anal já foi por demais difamada em prosa e verso. A essa altura da evolução dos costumes, não seremos nós a dar pra trás (relação de elevadíssimo índice de risco). O maior problema da relação anal é que, em geral, dela resultam pequenos cortes ou fissuras, entre elas a fissura de comer e/ou dar um cu.

C) RELAÇÃO ORAL SEM PRESERVATIVO

É importante que todos falem abertamente sobre a relação oral, mas, ao falar, devemos manter uma distância mínima de 2 metros e 30 centímetros do parceiro, de maneira que o cuspe lançado pelo falante não atinja os cornos do receptor da mensagem, já que não se sabe se os perdigotos contêm ou não o vírus da AIDS.

D) INTRODUZIR O PUNHO OU BRAÇO NO RETO

Parece incrível, mas tem gente que gosta dessas coisas. Lembre-se apenas de arregaçar bem as mangas e lavar as mãos antes das refeições.

E) LAMBER O ÂNUS

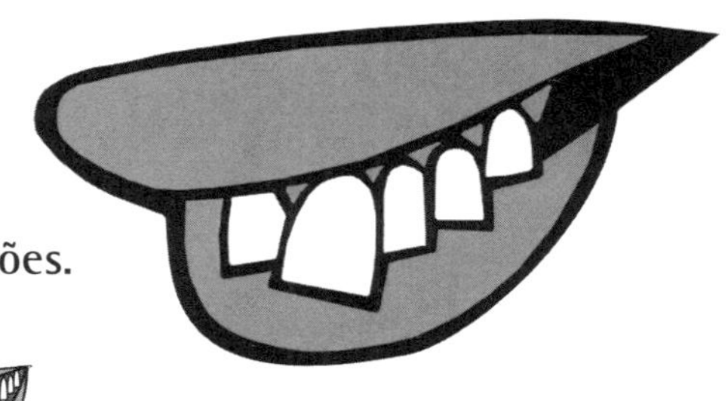

Escove os dentes após as refeições.

F) BEBER URINA, COMER COCÔ E RASGAR DINHEIRO

Essas práticas são na verdade excrescências, um resíduo dos anos de autoritarismo, da longa noite da ditadura onde rolou de tudo e ninguém era de ninguém.

2 — Sexo menos arriscado

Na verdade, as práticas menos arriscadas são aquelas que envolvem ou são envolvidas por preservativos.

O preservativo, no entanto, de nada vale se for utilizado de maneira incorreta, como decoração de aniversário de criança ou sendo jogado cheio de mijo na geral do Maracanã.

Principais práticas menos arriscadas:

A) BEIJO DE LÍNGUA

O "beijo de língua", ou "chupão", não pode ser considerado completamente seguro. É impossível provar que alguém foi infectado por causa de um "beijo de língua", pois as pessoas que se beijam dessa maneira geralmente passam logo para contatos mais íntimos, e, se não passam, logo correm o sério risco de melar e infectar a cueca.

B) RELAÇÃO ORAL COM PRESERVATIVO

O *felattio*, ao lado do *carpaccio*, é a última moda em matéria de degustação, mas esses requintados prazeres devem ser revestidos de cuidados especiais e de um preservativo. É provável que você leve algum tempo até se acostumar ao gosto da borracha. Mas é possível que algum fabricante venha, com o tempo, a produzir preservativos que tenham sabores gostosos. Sabemos que a Johnson & Johnson, numa *joint-venture* com a Ping-Pong, já está testando novos tipos de camisinhas com os tradicionais sabores tutti-frutti e hortelã, além de uma linha de produtos naturais, com camisinhas nos sabores pau lavado e pau sebento com pedaços de porra.

C) BACANAL COM PRESERVATIVO

A bacanal com preservativo é calorosamente preconizada pelos sexólogos, contanto que a luz esteja acesa, pois certa feita participei de uma suruba no escuro na qual revesti com preservativos mais de cinqüenta pênis, apliquei geléia espermicida em dezessete vaginas e, com medo de pegar AIDS, não comi ninguém! (risos)

3 — Sexo Seguro Bradesco

Procure hoje mesmo o gerente de sua agência e pergunte se ele já fez o teste da AIDS. O sexo seguro exige dos parceiros uma grande dose de lirismo, além da sífilis, é claro. O importante é ter sempre em mente que:

> "TUDO VALE A PENA
> QUANDO A JEBA NÃO É PEQUENA."
> *Fernando Pessoa*

Use a sua imaginação (e não a imaginação de outra pessoa, que pode estar com o vírus) e bote pra quebrar (relação potencialmente perigosa e dolorosa).

A) PÊRA, UVA OU MAÇÃ

Esta milenar prática sexual, que muitos julgavam esquecida, voltou com força total e vem sendo utilizada longamente por pedófilos que não querem se arriscar.

B) APERTO DE MÃO

Muitas pessoas só agora estão percebendo toda a imensa gama de sensações eróticas que o aperto de mão pode proporcionar. O roçar ávido dos dedos voluptuosos, o encontro úmido de palmas sedentas de prazer, o gozo indescritível proporcionado pelo encaixe perfeito de polegares sôfregos. A conjunção das articulações que, em movimentos ritmados e espasmódicos, se unem e se transformam numa só carne que, num frêmito, atinge os píncaros do prazer. Fatigadas pelo gozo, as mãos se separam e limpam os restos do amor na calça ou no paletó.

C) MASTURBAÇÃO MÚTUA PELO TELEFONE

A masturbação mútua pelo telefone vem arrebanhando muitos adeptos e se mostrando uma prática segura, desde que os parceiros tomem certas precauções, como pagar a conta do telefone.

Abordagem

Muita gente ainda sente dificuldade de tratar abertamente do assunto. Para auxiliar essas pessoas, imaginamos um diálogo hipotético. Entre um rapaz e uma moça. A leitura deste diálogo certamente ajudará as pessoas a se colocarem melhor diante do problema.

Ele — Olá, você vem sempre aqui nesse bar?

Ela — Não, eu nunca consegui entrar aqui, mas hoje o gerente me botou para dentro porque eu prometi dar pra ele.

Ele — Você também está com medo da AIDS? Eu estou!

Ela — Você desistiu de ter relações sexuais?

Ele — Não, não é isso, eu consegui ler esta matéria até o fim e aprendi um monte de coisas sobre como fazer sexo com segurança, sem riscos.

Ela — E como é que se faz?

Ele — É fácil! Você está vendo este enorme volume no meu bolso?

Ela — Estou.

Ele — Pois é, são centenas de preservativos que sempre trago comigo para estas ocasiões!

Ela — Pô, que decepção! Pensei que tu era o maior pé-de-mesa...

Conselhos Finais

1 — Antes de se relacionar com qualquer pessoa, procure conhecer bem seu passado, seus antecedentes, sua ficha criminal. Por exemplo, se você tem uma namorada, antes de ter com ela qualquer relacionamento mais íntimo, procure conhecer melhor sua família: coma a mãe dela, o pai, a avó, o irmão e o cachorro. Só aí então você poderá ter um relacionamento seguro e sem riscos.

2 — O risco de contrair a AIDS cai com a diminuição do número de parceiros. E o dinheiro dos direitos autorais aumenta consideravelmente.

3 — Use a imaginação. Use a criatividade. O importante é ter sempre em mente que:

> **"VOCÊ SÓ PRECISA DE UM PAU NA MÃO
> E UMA IDÉIA NA CABEÇA."**
> *Gláuber Rocha*

Tensão pré-menstrual, uma temática absorvente

Esse negócio de sangrar todo mês deve ser muito desagradável. A supor pelos sintomas, é uma daquelas coisas que tiram a pessoa do sério, levando-a às raias da loucura. Há teorias que sugerem que o fluxo de sangue para o canal vaginal provoca uma falta de hemoglobinas no cérebro, causando assim a tão temida: TENSÃO PRÉ-MENSTRUAL. Nossa pesquisa procura ouvir as vítimas e os familiares das vítimas desse verdadeiro mal do século.

A mãe natureza tem razões que a própria razão desconhece. Vejamos o caso das mulheres, ou fêmeas, ou as duas coisas. Todo mês elas pagam o preço de poder engravidar e ter os seus bebês, um ato praticamente impossível para os homens do sexo masculino. E pagam com o próprio sangue! Pelo prazer de passar nove meses gorda feito uma porca, sem fumar e sem beber, e depois mais tantos meses amamentando e cuidando de uma bolinha que caga e chora. E ainda acham que os homens têm inveja disso...

Um dos principais sintomas do distúrbio pré-menstrual é a perda da memória. Uma mulher jamais recordará que a mesma coisa aconteceu no mês passado. É muito comum, para os maridos das enfermas, escutá-las reclamando:

– *Hoje eu não tô boa!*

Não ouse perguntar por quê, a menos que deseje ouvir um grito alguns decibéis acima do máximo recomendado pela Organização Mundial de Saúde. Pode ser só um "não seeeeeeeeeeeiiiiiiiiiiiiii!" estridente, ou então aquela interminável lista de coisas que você ainda não fez porque acabou de acordar: "Você quer mesmo saber? Eu não tô boa porque você não jogou o lixo fora, não comprou pão e fica andando por aí, com esse cuecão ridículo!"

Se você é parente de uma pessoa que está sofrendo desse mal, fique calmo. É melhor não tentar argumentar, ela não está mesmo em condições de compreender. Imagine o que é ter uma fimose de 28 em 28 dias! Cuidado, a menstruação é como um alerta vermelho: se você fizer alguma coisa errada, pode causar uma explosão de tamanho incalculável. Tome cuidado, não diga nunca:

"Querida, será que você não está nervosa assim porque vai ficar menstruada?" Foi assim que começou o drama de Hiroshima. A mulher não consegue compreender por que todo homem acha que ela fica irritada na época da menstruação, e isso a deixa particularmente nervosa.

OS EFEITOS COLATERAIS

Com a perda da memória e a dificuldade da mulher de transar essa coisa de sangrar todo mês, quem sai perdendo são os machistas, injustamente, apenas por não perceberem com mais profundidade essa enfermidade, causada pela menstruação. Por exemplo, quando alguém diz a frase: "mulher no volante, perigo constante!", evidentemente trata-se de uma afirmação profundamente preconceituosa. Mas, se considerarmos que grande parte das mulheres que está guiando seu automóvel pode estar sofrendo de TPM, aí o buraco é mais embaixo... e é bom tapar com alguma coisa, senão vai vazar. Quando a mulher está nesses dias, ela tem certeza de que 99,9% das pessoas são barbeiras e só ela está dirigindo direito.

Por falar nisso, não é só quando o ser humano do sexo feminino está dirigindo automóveis que o bicho pega. Imaginem uma moça que sofre desse mal dirigindo um país! É o tipo de coisa que devia exigir um certificado de menopausa. Imaginem uma mulher sofrendo de terríveis cólicas menstruais ao lado do botão que detona a bomba atômica!

Nós já vivemos essa experiência no Ministério da Economia... quem não se lembra?

— Ô, Ibrahim, confisca a poupança desses putos!

— Mas, ministra, mexer na poupança?

— O quê, não gostou? Então sai demitindo o funcionalismo e fecha todas as torneiras! Agora é assim!

— Tudo bem, ministra, mas pra que serve essa cordinha?

E foi aquele banho de sangue... até hoje a nação se pergunta de onde veio tanta violência.

A CURA

Apesar de várias religiões oferecerem curas milagrosas e dos séculos de pesquisas científicas sobre o assunto, a verdade é que a doença ainda permanece vencendo a batalha. O pior é que o vírus acaba embotando a capacidade de percepção das mulheres afetadas e vai, cada vez mais, tomando conta do já debilitado organismo das fêmeas. Algumas pacientes num estágio mais avançado da enfermidade chegam a criar grupos que se autodenominam "Movimento Feminista". Aí elas passam 24 horas por dia injuriadas, para provar que é o maior preconceito esse negócio de dizer que elas só ficam irritadas na época da tensão pré-menstrual. Mas você, que chegou até aqui, deve estar se perguntando qual é a graça deste artigo. Por que será que uma bobagem dessas ocupa tanto espaço num livro de humor? Será que esses caras não se cansam de ganhar dinheiro com a discriminação e o preconceito contra

as camadas mais sofridas da nossa sociedade? Se esse é o seu caso, não se preocupe, dê uma olhada no calendário e renove o seu estoque de Modess... ó ela aí de novo, gente!

Outros problemas sexuais

EJACULAÇÃO PRECOCE

É quando você goza antes de gozar. Se esse é o seu problema, não se preocupe. É muito difícil o homem e a mulher gozarem ao mesmo tempo. O normal é a mulher gozar antes: quando você tira a cueca e ela, olhando para o seu pau, dá uma gargalhada. É o famoso orgasmo múltiplo.

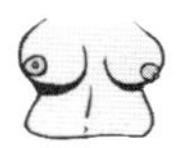

BESTIALISMO

Ocorre muito em finais de festa, passeios a Paquetá, ou na famosa xepa da madrugada. Nada sobrou pra você, a não ser aquela besta.

FRIGIDEZ

É a incapacidade de a mulher sentir prazer no ato sexual. É isso mesmo. Ela não goza. Não fica molhadinha. Seu pau fica ralado, esfolado, escalavrado mesmo! E ela nem assim acha a menor graça no que está acontecendo. Pode ser um problema psicológico dela. Procure verificar direito: ela pode estar morta ou ser inglesa.

AFRO-DISÍACA

Perversão introduzida por Desmond Tutu em Willie Mandela. O padre tarado não podia ver o lesoto de Miriam Makeba. Era siri na toca. Sargentelli é o maior entusiasta dessa prática, introduzindo no Brasil Adele de Fátima, Gana, Costa do Marfim e outros países que não estão no mapa.

SEXO MARITAL

A pior perversão. É quando você obriga sua mulher a fazer sexo TODAS as noites. É como rodízio de chuchu. É como Olaria e Madureira, sábado à noite na rua Bariri. É mais ou menos como uma suruba comandada pelo Joelmir Betting.

8

O SEXO NO CASAMENTO É POSSÍVEL

Casamento: ascensão e queda

Todos os anos milhares de homens e mulheres se casam, ou melhor, contraem justas núpcias. Na verdade, o verbo contrair é o mais adequado para o substantivo núpcias, pois o casamento é uma doença venérea, que, infelizmente, até hoje não tem cura.

E quais seriam os sintomas de tão terrível moléstia?

O principal sintoma do casamento é a paixão. A paixão é uma espécie perversa de cegueira em que a vítima tudo vê, mas nada enxerga, correndo então o risco de fazer as maiores besteiras.

Existem outras manifestações patológicas capazes de levar uma pessoa ao matrimônio, a mais grave delas seria um estado catatônico, onde o paciente apresenta gostos bastante esquisitos, como ler poesia, escutar discos dos Carpenters, pendurar um Garfield no carro e ficar suspirando pelos cantos: "Como é belo o amor!!!"

Um sujeito quando chega a este estado não se encontra de posse de suas perfeitas faculdades mentais, devendo ser imediatamente interditado e internado numa clínica, antes que faça uma besteira e acabe cometendo casamento.

Resumindo, casar é igual a fazer cocô: você está ali no vaso, sentado, e sabe exatamente o que está fazendo, mas sempre que acaba você faz questão de levantar para ver a merda que fez, antes, é claro, de tocar a descarga... ou melhor, pedir o divórcio.

Casar é como pular de pára-quedas, à noite e sem calças, bem em cima de uma floresta de pirocas: você sabe que vai se foder, é só uma questão de tempo.

Mas se você odeia uma pessoa suficientemente para querer casar com ela, então o problema é seu. Casa só pra ver.

Para começar, um casório pra valer tem que ter juiz, testemunhas, advogados etc. Só faltam as algemas. Aliás, em todos os maus negócios que um homem faz na vida sempre tem um advogado por perto. Geralmente o mesmo que daqui a alguns anos vai arrancar o seu couro, desta vez na hora do divórcio.

Todos sabem que antes do amor e do sexo todo casamento tem como pano de fundo interesses econômicos e comerciais, por isso mesmo muita gente ainda confunde matrimônio com patrimônio.

E este é o motivo de algumas mulheres preferirem casar com homens bem mais velhos. Segundo elas, os homens velhos são mais experientes, mais maduros, mais que maduros... são quase podres... e podres de rico, por sinal. Essa é a melhor parte.

No início do matrimônio tudo são flores. Flores e fodelança. Os casais enamorados chamam-se por apelidos carinhosos: Quinha e Quinho, Kika e Xuxu, Fofo e Fofa, Dundum e Didoca, Ratinha e Gatinho... Por outro lado, quer dizer, por todos os lados e por todos os buracos possíveis e imagináveis, o casal experimenta novas e exóticas formas de fazer amor. E não é o amor que eles fazem. Trepa-se e fode-se a noite inteira, percorrendo o jovem casal todas as posições do Kama Sutra de frente pra trás e, principalmente, de trás pra frente. No final da lua-de-mel, não sobrou prega sobre prega.

Infelizmente, com o passar do tempo, a antiga Quinha vira Débil, Zebrona, Baleia, Galinha, Vaca, qualquer bicho... mas o casamento começa mesmo a descambar quando ela, a ex-Quinha atual Zebrona, resolve se referir a você pelo sobrenome:

— *O Almeida detesta quiabo* — ou, pior ainda: — *Almeeiiidaaa!! Vem jantar, ô coisa!! A sopa vai esfriar, peste!!!*

Aí, você que está no bar, bebendo com os amigos, pede licença pois, afinal:

— *A patroa está me chamando.*

Patroa. A antiga Kika virou Patroa. Rádio-Patroa, Dona Encrenca, Jararaca, "Aquela coisa que Eu Tenho em Casa" e por aí vai.

Todo mundo que já foi casado um dia sabe como é difícil ter tesão pela mesma criatura trinta, quarenta, cinqüenta anos seguidos. Pergunte só para a sua mulher.

Para sair da rotina, os casais inventam milhões de fantasias e perversões tentando manter acesa a tocha olímpica do casamento. Várias novas posições são inventadas para acabar com a rotina da vida conjugal. A última de que se tem notícia e aproveitando a onda Country-Sertaneja é a famosa Foda-Rodeio, que consiste em botar a patroa de quatro, penetrando na madame, no buraco de sua preferência. Aí você segura firme na crina, ou melhor, nos cabelos da criatura, e murmura: "*Benhê, você trepa muito gostoso, mas a minha secretária...*" O recorde brasileiro está com um sujeito de Uberaba que conseguiu ficar cinco segundos em cima da esposa.

Isso sem contar as vezes em que você se veste de encanador, padeiro, entregador de *pizza*, ou fica pendurado no lustre.

Afinal, comer a mesma mulher todos os dias, anos a fio, sem trocadilho, por favor, por mais gostosa que ela seja não é mole

(sem trocadilho, pelo amor de Deus!!!). Imagine você condenado a comer lagosta, e só lagosta, pelo resto da vida... um terror! Em pouco tempo você não iria mais conseguir olhar nem para o rabo da lagosta. É por isso que os casamentos acabam, as pessoas enjoam de comer lagosta.

Por outro lado, as pessoas que não gostam de comer crustáceos garantem que as verdadeiras causas para acabar um casamento são outras: tédio, a(o) amante, a sogra e, principalmente, a famosa "crise dos sete anos".

Sete anos é o tempo necessário para começarem a quebrar todos aqueles eletrodomésticos que o casal ganhou de presente de casamento. Todos ao mesmo tempo. Por outro lado, em sete anos não deu ainda para o casal estabilizar-se financeiramente, e aí começa a lenga: "*Almeida, precisa comprar geladeira nova, a máquina de lavar quebrou, a televisão está um lixo.*"

A televisão, aliás, é um item de suma importância para a manutenção do casamento. Além de ser o único anticoncepcional eletrônico realmente eficaz, a televisão permite que marido e mulher coabitem sob o mesmo teto anos a fio, sem que um tenha que olhar para o outro.

Mas chega de falar em casamento: afinal, já está tarde e a minha patroa já gritou lá da cozinha avisando que a sopa está na mesa. A zebrona me chamou pelo sobrenome.

O final de um casamento

Muito bem. Quarenta e cinco minutos do segundo tempo, 45, não! Já estava nos descontos! E o juiz apitou. Fim de papo. Você quer dar entrevistas, mas os repórteres já cercaram a sua mulher. Ex-mulher, melhor dizendo. Você sai do campo pelo túnel escuro do vestiário dos derrotados. Ninguém para dar um apoio, trocar a camisa. Três a zero, meu irmão, pra ela. E tu só não apanhou demais porque o jogo só tem 90 minutos. De repente, oh! Surpresa! Uma pessoa se lembrou de você. Enfim um ombro amigo pra você chorar suas mágoas. Qual nada, é o advogado da sua mulher, melhor dizendo, ex-mulher.

É, a partida acabou. E você começa a lembrar os melhores lances de seu casamento. Isto porque os melhores objetos ela já levou. Ela e o advogado. Aliás, eles já estão vivendo juntos. Vivem de renda. A sua renda, ou melhor, a sua ex-renda.

Terminar um casamento é uma tarefa complicada, uma lição de bom senso, onde duas pessoas maduras, que sonharam e viveram muitas coisas em comum, chegam consensualmente à conclusão de que o outro é um grande filho da puta. Isto posto, vamos à divisão de bens. Tudo bem, sejamos amigos, vamos discutir coisas subjetivas de um ponto de vista objetivo, isto é, a partir da ligação de cada um com cada objeto. Ótimo.

Então tá!

— Eu fico com a televisão, a geladeira, o videocassete, o som, o forno de microondas, o ar-condicionado, o *freezer*, o tapete persa e os livros de arte. Ah! Ia me esquecendo, a cama

e o colchão. Você fica com as suas roupas, o pôster do Che Guevara, aquele lustre da sala que você adorou consertar e o rodo. Você pode ficar com o rodo.

— Poxa, obrigado, você deixou o radinho de pilha.

— Ah, não! O radinho de pilha, não. Você sabe que a Nininha não passa sem o programa da Cidinha.

— Mas querida!

— Querida não, ex-querida, devagar com as intimidades.

Realmente desfazer um lar é penoso e triste, ainda mais quando se trata de questões materiais. Se o afeto por ela já se acabou, convém, também, encerrar a conta conjunta.

Existem diversas formas de se fazer o rescaldo de um casamento:

1 — Par ou ímpar

2 — Zero ou cinco, no caso de casais de três ou quatro

3 — Tesoura, pedra ou papel

4 — Disputa de embaixadinha

Porém, o melhor método, o mais moderno, o mais difundido, o usado por casais maduros é a porrada. Nada como uma boa pancadaria para resolver a divisão das coisas. E tem mais, o que ficar com ela vai ficar muito bem dividido. Dividido em mil pedacinhos.

Bem, chegamos à questão da pensão. Aliás são duas pensões. Aquela em que você vai morar e a que você vai pagar. A pensão dela não é pensão. É um hotel inteiro, é o Méridien. Você tem que pedir grana emprestada pro sogro pra poder pagar. Aliás, ex-sogro. Aliás, com juros.

A PARTILHA DOS FILHOS

Todo cuidado é pouco pra se definir se as crianças vão ficar com a sua mãe ou com a mãe dela. É preciso não traumatizar as crianças. A experiência costuma dizer que a separação é muito penosa para os filhos. Não é verdade. Esses passam a ser os melhores anos dos fedelhos. Eles vão morar com a avó, passam a ter duas festas de aniversário, recebem presentes, não apanham mais dos pais, são mimados pelos(as) namorados(as) dos pais e ainda podem matar aula. Os programas culturais das crianças mudam da água para o vinho. É teatrinho infantil, circo, festival de marionetes, Pão de Açúcar... coisas de que você não queria nem ouvir falar e hoje é entusiasta. Você passa a ser *connaisseur*. *A bruxinha que era boa*, mas na platéia tem coisa melhor. *A menina e o vento*... e a mãe da menina. O seu filho não agüenta mais peça infantil. Ele já fez dezessete anos e você ainda leva ele para ver *Pluft, o fantasminha*.

Os filhos adolescentes são mais complicados de cuidar. É uma fase muito perigosa, quando seu filho começa a dar em cima da sua namorada. Ou quando você começa a dar em cima da namorada dele, aquela desquitada maravilhosa.

A REPESCAGEM

Depois da separação vem a fase colóide. Você se sente com uma consistência um tanto híbrida, pois se acha meio homem, meio bosta. E aí aquela bandida, que já tinha te atropelado de frente, resolve engatar a ré. Arruma um namorado em frente da sua casa e com ele passa a freqüentar os mesmos bares, a mesma praia, ele sempre vestido com uma bonita camisa pólo ou um *blazer* de linho que você comprou em Londres, naquela viagem com a ex.

Mas a vida dá muitas voltas. Sua mulher também. Com um, com outro... e até com o seu advogado, ou melhor, seu ex-advogado. Um dia, inesperadamente, depois de três horas em frente ao telefone, pensando em ligar pra ela, o telefone toca.

— Nicanor, como é que vai? Tudo bem? Eu tava pensando em te ver, conversar um pouco. Tô com saudade...

— Saudades de quê, do rodo?

— É, do abajur também.

Vocês se encontram e passam a tarde passeando nas Casas da Banha, relembrando o dia em que compraram aquele rodo. E tantas histórias românticas passam pelas mentes que vocês resolvem se dar mais uma chance. Só que a coisa é mais difícil, porque vocês têm que se encontrar escondido dos amigos. Afinal, todos vão saber que você é o Ricardão de você mesmo.

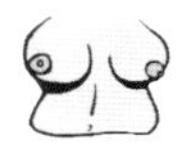

Entrevista: Ricardão na berlinda

Amado pelas mulheres. Odiado pelos cornos. O país inteiro aprendeu a conviver com esta personalidade polêmica e fascinante. Mas quem é na verdade este homem? Um mito? Uma

farsa? Ou um ser sensível e carinhoso que não pode ver uma bunda? Nesta entrevista, Ricardo fala de tudo: política, sexo, cultura, sexo, economia, sexo, constituinte, sexo, Roseana Sarney, sexo, informática, sexo, sexo, sexo e sacanagem.

Casseta & Planeta — Ricardão, você está amando?

Ricardão — Minha vida amorosa era um inferno, eu vivia correndo de um armário para o outro... Mas, desde que comecei a fazer análise com a mulher de um amigo meu, tudo mudou.

Casseta & Planeta — Você é a favor do adultério aberto?

Ricardão — Totalmente. O adultério não pode ser uma prisão. Se o marido da mulher quiser transar com outra pessoa, tudo bem...

Casseta & Planeta — Você já tem algum candidato à Presidência?

Ricardão — Ainda não, posso adiantar que terá todo o meu apoio aquele que permanecer o maior tempo possível em Brasília.

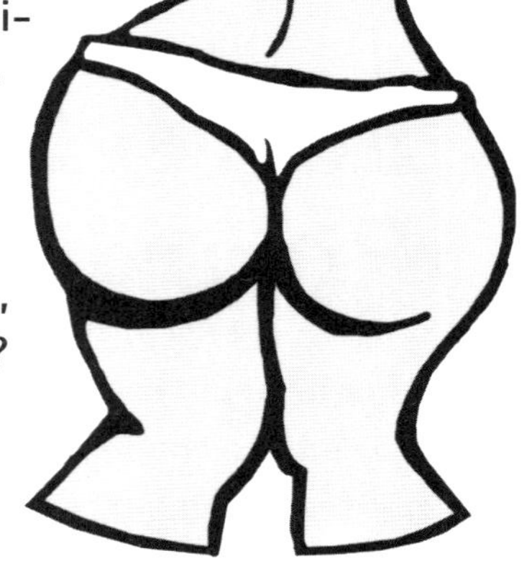

Casseta & Planeta — Ricardão, o que você acha da mulher brasileira?

Ricardão — Mulher de quem?

9

FANTASIAS E EXPERIÊNCIAS ERÓTICAS: ALGUNS EXEMPLOS

Confissões sexuais de nossos leitores

AMANDO EM VENEZA

Veneza, capital do amor, das histórias secretas, dos casos proibidos.

Era verão, fazia um calor dos diabos quando Amando, meu marido, embarcou para um Congresso de Glândulas, ou Gôndolas, sei lá. Fiquei deveras preocupada, pois o momento não era prepúcio para nossa separação.

Andava sequiosa e lânguida atrás de um membro contumaz e latejante, uma verga cavernosa e efervescente, uma coisa indomável.

Minha grutinha já espumava suplicante por algo que preenchesse aquele vazio que tomava conta de mim.

Foi aí que conheci Ferrabrás.

Estava eu andando a esmo pelo cais, às duas da manhã, bastante à vontade, vestindo um discreto *scarpin.*

Saí, desinteressadamente, em busca de uma chulebona, mas as docas estavam praticamente desertas. De repente, num canto escuro, me deparei com um deus de ébano urinando em um poste.

A cena me deixou excitada, e desde logo passei a imaginar tudo o que poderia fazer com aquele maravilhoso espécime de mastruço, assim que conseguisse definir o que era o poste e o que era a pica.

Precisava conquistar aquele homem. Me aproximei sem ser notada e falei carinhosamente:

— E aí, negão, esvaziando o mangueirão?

Ferrabrás era um rapaz tímido e sensível; apesar da escuridão, percebi uma leve coloração rubra em seu semblante.

Assustado, o crioulo recolheu a ferramenta que mal cabia na sua cartucheira.

Era preciso agir rápido para não perder aquela manjuba. Indaguei:

— Qual o telefone do elefantinho?

Ferrabrás continuou acuado e introvertido. Meu desejo tinha que ser saciado, eu estava seriamente decidida a tirar o atraso, essa noite não poderia passar em branco, tinha que passar o preto. Afinal, desde criança não consigo dormir sem tomar um leitinho quente.

Cansada de todas essas sutilezas, resolvi partir para o ataque frontal.

Caí de boca naquele pé-de-mesa. Mamei, mamei, mamei, até ficar com dó de mim. Ferrabrás se entregou... E passamos uma noite inesquecível de luxúria e paixão. Ele me dando o creme de leite, eu brincando de vaquinha Mococa.

Marilena — São Paulo

COM A MANGUEIRA NA MÃO

Fazia um calor dos diabos naquela tarde. Meus pais haviam saído para fazer compras no Carrefour. Resolvi lavar o carro. Pus então o meu *short* vermelho, bem justo. Reparei que aquele *short*, que era quase uma sunga, deixava proeminente o meu avantajado canudão.

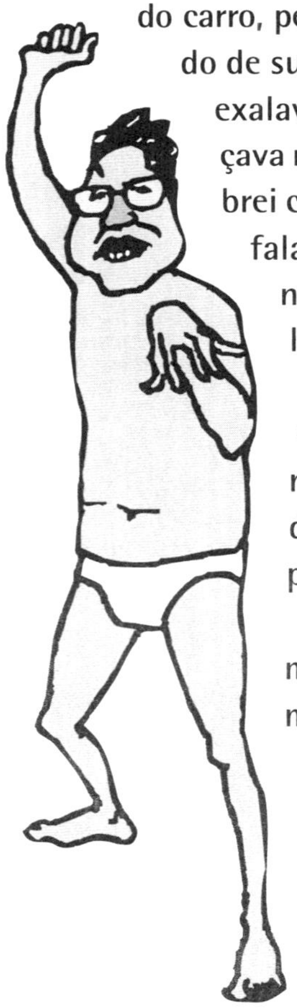

Ao descer para a calçada e começando a lavagem... do carro, percebi os meus bíceps e tríceps reluzindo de suor ao sol. Aquele cheiro de macho que exalava penetrava em minhas narinas e eriçava meus pêlos (por sinal bem fartos). Lembrei como as garotas da aula de musculação falavam do meu corpo. E só de pensar minha glande aprisionada latejava naquele calção justinho.

Era um ambiente de sexualidade extrema. Olhei em volta e não havia ninguém, porém sentia que algum par de olhos cobiçosos e sedentos de sexo poderia estar me observando.

Não resisti. Num átimo tirei o meu minúsculo calção e passei a admirar minhas linhas apolíneas na calota do meu fusca. Tive que me conter ao máximo. Meu pênis, aliás, já em plena ereção, parecia um mastro de ponta rubra e veias que tinham mais afluentes que um documentário do Jacques Cousteau.

Perdi o controle, era muito macho para uma pessoa só. Resolvi dar um fim àquela situação. Olhei de um lado para outro e não titubeei: peguei meu mastruço com firmeza, dobrei e enfiei tudinho no meu rabo. Uma loucura.

Hugo — Jundiaí — SP

SEBENTA DE SEXO

O calor daquela tarde era de matar. Ronaldo, meu marido, com quem estou casada há três anos, num relacionamento aberto e moderno, tinha saído para fazer as compras do mês no Carrefour.

Sou uma mulher atraente, no fogo dos meus trinta anos, e naquele dia resolvi ir ao cinema para refrescar o corpo e as idéias. Fui então ao Roxy. O calor aumentava, e já na bilheteria, num átimo, tirei a roupa.

Era um filme erótico: *Mogli, o menino lobo.* O cinema estava vazio, mas o ambiente era de puro sexo.

Sentei minha grutinha no primeiro braço de cadeira que encontrei; gozei três vezes. Já mais calma, pude me sentar ao lado de um careca, que delicadamente tentou entabular um papo comigo.

— Como é que é? Tamo ou num tamo nessas carnes? — argüiu o cavalheiro.

Fiz que não entendi e, entre tímida e ofendida, abocanhei a vistosa chapeleta daquele senhor, que naquela altura já estava latejante e úmida. Era a única maneira de cortar aquela conversa constrangedora.

O fecho de seu zíper no meu queixo me enchia de volúpia e prazer, dois tufos de pentelhos faziam cosquinhas nas minhas narinas. Gozei três vezes, três mais três fazem seis (subtotal).

Naquela posição lúgubre em que estava, o lanterninha não se fez de rogado e, quando dei por mim, ele já fazia de minha bunda um palco iluminado. Gozei mais duas vezes (oito).

Ao ver aquela cena de depravação e luxúria, o casal que estava na fila de trás começou a gritar pela polícia. Logo surgiram cinco policiais dispostos a meter moral. E meteram.

Gozei quatro vezes (doze). Enquanto o cabo se encarregava de preencher meu quinto metatarso, ainda desocupado e sôfrego de desejo, um negão na cadeira ao lado, que, absorto no curta-metragem *O gigante de Tucuruí*, não tinha percebido aquela movimentação, perguntou:

— A senhora está sentindo alguma coisa?

Gozei mais duas vezes (quatorze) da cara do negão.

Continuamos a misturar nossos sucos num êxtase de sexo. Lânguida de tesão e cansada daquelas preliminares, decidi partir para o prazer total.

Enquanto isso, Alcebíades, o jardineiro cego, pulou da história ao lado e trêmulo num frêmito gritou:

— Oba! Aqui é que tem sacanagem.

Ao final do Canal 100, já exausta, voltei para casa e contei tudo para meu marido Ronaldo, e juntos gozamos a noite inteira.

Magali — Botafogo — RJ

A MEIO-PAU

Dulce, mulher de um general aposentado, era uma loura fogosa. Numa tarde calorenta, seu marido tinha ido ao Carrefour. Foi quando eu, seu bisneto, lhe pedi uma limonada. Ela disse que me daria todos os sucos que pedisse e olhou maliciosa para minha bimbinha.

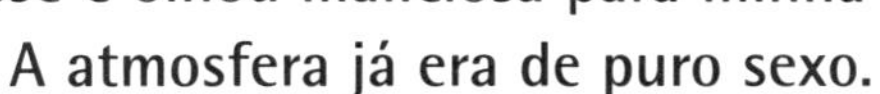

A atmosfera já era de puro sexo.

Quando ela trouxe a limonada, trajava apenas um penhoar que mostrava todo o seu corpo.

Não pude me conter e exclamei:

— Meu Deus! Quantas bundinhas!

Ela se lançou sobre mim no momento em que Alcebíades, o jardineiro cego, entrava.

João — São Cristóvão — Rio de Janeiro

DURA LEX, SED LEX, NO CABELO SÓ JONTEX

Sou presidiária, tenho dezoito anos, e meus cabelos eram louros antes de serem raspados. Todas as minhas colegas lésbicas aqui da penitenciária dizem que tenho um corpo escultural. Sempre que alguém me traz esse livro escondido num bolo leio esta seção, e agora fiquei animada para confessar um caso que aconteceu comigo na semana passada.

Estava eu aqui na minha solitária curtindo um prazer solitário, excitada pela visão sensual de dois jovens ratos de aproximadamente dezoito anos, louros e donos de corpos bem-torneados, que faziam amor sofregamente como dois animais. Quando nós três íamos atingir o orgasmo pela terceira vez, ouvi tocar a campainha. Abri a porta e fiquei surpresa ao ver diante de meus olhos o novo secretário de Justiça do Estado do Rio de Janeiro, um bem-apessoado criminalista. Jovem, de aproximadamente dezoito anos, louro, com os cabelos pintados de castanho, ele vestia um terno transparente que deixava à mostra suas formas esculturais e seus músculos bem-torneados. Imediatamente, fiquei toda molhadinha, aumentando ainda mais a umidade e as péssimas condições do cubículo. Como eu tinha graves denúncias a fazer, o jovem jurisconsulto ordenou ao guarda que fechasse a porta para que ficássemos a sós. E foi ali, no escuro, naquele pequeno ninho de amor, olhos nos olhos, cotovelo no baço, pé na boca, que nossos corpos se tocaram pela primeira vez. Senti um imenso volume encadernado entre minhas pernas e ele me confidenciou, com um sorriso malicioso, que aquilo eram as obras completas de Rui Barbosa, do que aliás eu já havia desconfiado devido ao enorme cabeção intumescido. Depois de comer do bom e do melhor no meu bandejão, pediu que eu me virasse para que ele pudesse entrar com um recurso até o cabo. Quando atingimos o clímax pela quinta vez, senti seu corpo de jurados estremecer e o ouvi gritar: "*Alea ejaculacta est!*"

Hoje, quando me lembro desses momentos inesquecíveis, tenho certeza de que ele está gamado por mim, pois já me deu casa, comida e roupa listrada por trinta anos com direito a *sursis*.

Fera Fisher da Pena — Ilha Grande

10

SEXO NOS TEMPOS MODERNOS

Nudistas, graças a Deus!

O NUDISMO ultimamente vem arrebanhando entusiastas no Brasil e foi, sem dúvida nenhuma, a onda deste verão. Com a exibição de cenas nudistas na televisão, as pessoas começaram a se interessar por essa filosofia de vida que prega a volta do homem aos tempos edênicos, quando a nudez integral era praticada com naturalidade e pioneirismo por Eva, Adão e Luz del Fuego. Publicamos aqui trechos inéditos do livro *O que É Nudismo*, do Professor Jacinto Leite Aquino Rego, catedrático da Unicamp de Campinas.

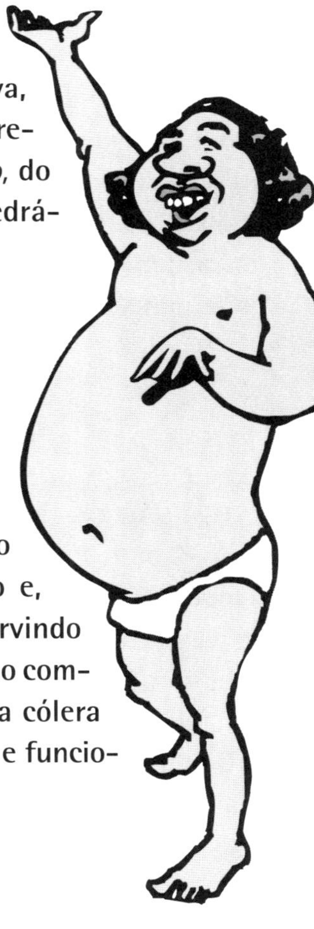

O QUE É NUDISMO

O nudismo não é só um aprimoramento físico, mas também psíquico, orgânico e, principalmente, neurobiofisiológico, servindo muitas vezes como poderosa profilaxia no combate a moléstias libidinosas tais como a cólera no Peru, a fissura no ânus, via de regra, e funcionários públicos em disponibilidade.

AS DUAS CORRENTES DO NUDISMO

No movimento nudista coexistem pacificamente duas correntes antagônicas, a saber: o NATURISMO, que prega o nudismo integral e acha que todos os indivíduos devem andar nus procurando o seu "eu", mesmo que este "eu" esteja atrás de uma moita escondido dentro de um outro nudista.

A outra corrente, chamada de GIMNOSOFIA NATURALISTA, defende a idéia de que não deve existir só uma corrente na prática do nudismo, mas sim várias, e que o nudista deve andar não só pelado mas também usar umas botas de couro, cintas-ligas, quepes da SS na cabeça e um chicote nas mãos. Existe ainda uma dissidência do movimento nudista que acha que o nudismo é uma coisa de cabeça e, portanto, para ser nudista, basta apenas ser careca. Assim, muitas pessoas que gostariam de ser nudistas mas têm vergonha de tirar a roupa poderiam ser praticantes diletantes.

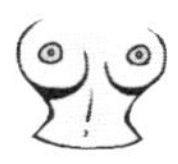

QUEM SÃO OS INIMIGOS DO NUDISMO?

A indústria têxtil, os costureiros homossexuais, os comunistas ateus, as companhias multinacionais, a Igreja Católica e os esquimós, que não admitem nem querem ver ninguém nu. Isso sem falar nas minorias, naqueles indivíduos complexados, mal-definidos, de dimensões diminutas, malservidos pela natureza como os japoneses amarelos, que, por isso mesmo, movidos pela inveja e pelo recalque, tentam se vingar da humanidade comprando os grandes conglomerados multinacionais que controlam o mundo: a CBS, a Universal e a Impecável Maré Mansa.

O DIA-A-DIA DO NUDISTA

Os modernos campos de nudismo, longe de serem antros de pederastia, dispõem de todo um aparelhamento higiênico-desportivo para a prática salutar do naturismo integral, inclusive com crianças, velhos e animais, muito embora isto seja proibido por lei.

Estes locais estão equipados com quadras de tênis, canchas de voleibol, basquetebol, dildos, botas de couro, correntes, chicotes, ligas, frigobar, piscina térmica, hidromassagem, bocha e, naturalmente, como todo mundo estava imaginando, inúmeros campos de pelada.

Além disso, por todo canto observam-se as duchas frias, para refrear os ânimos intumescidos. Aqueles que não estão habituados irão se espantar com o espetáculo insólito de homens, mulheres, crianças e bichos completamente nus gozando as carícias da luz solar. Sem falar nos jovens de corpos suados e torsos apolíneos dedicando-se à rigorosa e indomável ginástica sueca.

Mas há quem prefira freqüentar as saunas, onde rapazes nus, sem preconceito nem pêlos no corpo, suam e trocam idéias sobre o mercado de capitais e marcas de motocicletas. Belos como querubins, estirados nas espreguiçadeiras, sucumbem à nossa contemplação, pois o nudista, um asceta, tem uma vida contemplativa: vive contemplando os outros pelados, mas só como amigo.

A DIETA DO NUDISTA

Os naturistas obedecem a uma dieta muito rigorosa, onde, por coerência, não se come nada com casca ou que venha embrulhado. O nudista convicto não dispensa o uso do nabo, da cenoura e do pepino, que são ingeridos inteiros e crus, no máximo, com um pouquinho de manteiga. Os nudistas mais gulosos também apreciam o mastruço, a mandioca e o quiabo cru. Quanto aos frutos do mar, a preferência recai sobre o robalo enfornado e o surubadejo.

VOCÊ TAMBÉM PODE SER UM NUDISTA!!!

Convencido das virtudes higiênicas e psicobiológicas do nudismo e sendo um indivíduo despido de preconceitos hipócritas e reacionários, certamente você deve estar ansioso para começar, imediatamente, a praticar o naturismo.

Comece o nudismo gradativamente, antes do banho por exemplo. Tire primeiro um sapato e a meia e deixe um pé inteiramente nu. Experimente a agradável sensação de um banho

com o seu pé direito inteiramente desnudo. Sinta a sua integração com a natureza, usufrua da liberdade de movimentos, da frescura do ar puro arejando o seu pé.

No dia seguinte, repita a operação, mas desta vez somente com o pé esquerdo.

Atenção! Cuidado para não se entusiasmar em demasia pelo nudismo, tirando, de uma vez, toda a roupa.

É necessário muita prudência e moderação ao se praticar o naturismo nudista. O nudismo deve ser feito aos poucos, de forma gradual, pois, praticado indiscriminadamente, pode trazer graves problemas ao organismo, como resfriados, torcicolos, calores na nuca e unhadas no calcanhar.

Experimente, então, passar o resto do dia inteiramente vestido de terno, gravata, sapato e apenas o pé esquerdo completamente nu. Vá então, calmamente, eliminando uma a uma as peças do vestuário. Bem lentamente, deixe as cortinas abertas para que a vizinhança observe o seu progresso. Um belo dia compareça ao trabalho vestido de paletó, gravata, abotoadura, tudo menos as calças. Continue assim, pouco a pouco, até um dia quando você sair de manhã para comprar pão e não tiver mais onde guardar o dinheiro.

Importante: não ligue para as chacotas dos vizinhos e colegas de trabalho, que, certamente, possuem mentes reacionárias e atrasadas, incapazes de entender a natureza higiênica do naturismo. Ignore se chamarem os bombeiros, a polícia ou mesmo o hospício. Não se deixe intimidar! Assuma o seu nudismo! Convença os enfermeiros de que você não é moleque e que isso não é maneira de se tratar o Imperador Napoleão Bonaparte!

Assédio sexual: ou dá ou desce

Hoje, as mulheres do mundo inteiro discutem essa questão do assédio sexual, principalmente as malcomidas. Mas, deixando o preconceito de lado, todos nós sabemos que esse é um problema grave, que está em todos os lugares e ataca as mulheres, com exceção das feias. Donde se conclui que, ao contrário do que se pensava, as malcomidas não são feias e vice-versa. Mas isso não vem ao caso. O que homens e mulheres se perguntam é: "O que é assédio sexual?" A informação é fundamental, pois você pode estar cometendo um crime sem saber.

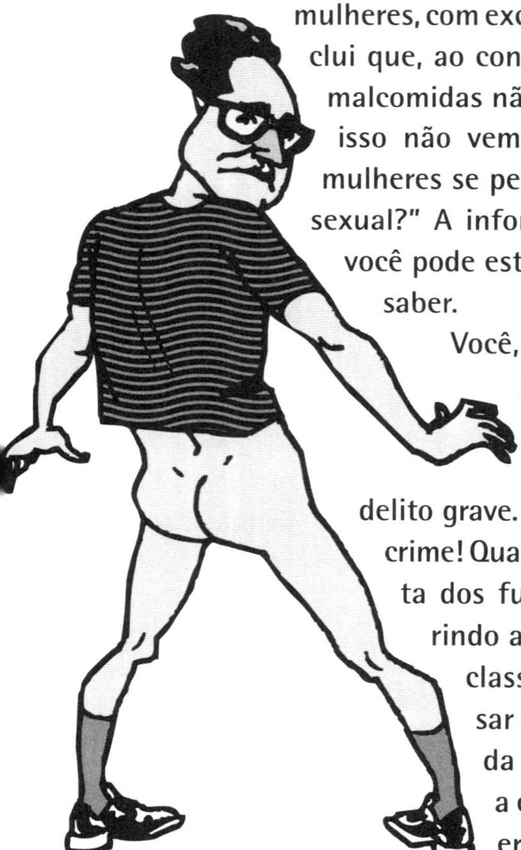

Você, por exemplo, que se iniciou no mundo do sexo pela porta dos fundos, provavelmente estava incorrendo em delito grave. Calma! Dar o cu ainda não é crime! Quando usamos a expressão "porta dos fundos", estávamos nos referindo a um hábito estereotipado da classe média brasileira, de ingressar nos prazeres da carne através da mesma que lhe frita o bife — a empregada. Pois bem, se você era filho dos patrões da moça e se aproveitou disso para beliscar o traseiro da cuja enquanto ela fritava pasteizinhos, saiba que cometeu um crime hediondo, o assédio sexual. E o pior, perdeu o direito à fiança por causa de um agravante, assediou uma mocréia! Sejamos honestos, todos nós sabemos que esse negócio de empregadinha bonitinha é lenda...

Visto pela ótica feminina, o assunto é muito simples: se o sujeito é mais poderoso e se utiliza disso para comer alguém, não tem discussão, é assédio sexual. Afinal, se a empregadinha estava usando uma microssaia, com a calcinha aparecendo e aquele "burrão" escancarado na nossa cara, ela sabia o que estava querendo... O empresário americano Johny John Jr. foi absolvido da acusação de assédio sexual contra sua secretária com uma argumentação histórica.

— *Ela disse que estava com calor, eu pulei em cima, se ela estava com calor é porque queria tirar a roupa* — disse o empresário.

O caso criou uma jurisprudência: mulher, quando diz que está com calor, é porque tá a fim de dar.

Essa discussão ainda é muito nova e, através dessas jurisprudências que vão se definindo a cada caso, é que a lei acabará sendo aperfeiçoada. Vejamos o caso daquele menino, o Mike Tyson. É evidente que ele foi um injustiçado. Afinal de contas, uma criatura que entra num motel, às duas da manhã, acompanhada pelo Mike Tyson já perdeu a razão. Ela queria jogar *videogame*? É verdade que ela já mostrou à polícia contusões provocadas pelo *boxeur*, mas há um atenuante. Durante o desfile das candidatas a Miss América Negra, uma testemunha viu o treinador Don King comentar: "*Ei, garoto, se eu fosse você machucava aquela neguinha ali!*" Nós sabemos

como Mike é um profissional dedicado e disciplinado. Ele não ia discutir uma ordem do treinador.

Graças a Deus, aqui no Brasil, nós não sofremos com esse problema de estupro. São pouquíssimos os casos relatados. O que acontece demais por essas bandas é o estrupo, um tipo de crime sexual cometido contra pessoas que não sabem falar o português. Gente com pobremas.

É importante deixar claro que nem toda cantada é um caso de assédio sexual. Esse tipo de relação só pode acontecer entre patrão e empregada. Quando a mocinha passa na rua e ouve um gracejo de um paraíba de obra, ou trabalhador da construção civil, como queiram, ela não está sendo vítima de assédio sexual. Aliás, o pobre do trabalhador já ganha um salário de fome, e o pouco de prazer que lhe resta é fazer um pouco de poesia na hora do almoço. Desse hábito, que já se tornou uma tradição, surgiram pérolas da nossa literatura: "*Se dois quartos é assim, imagina a vaga na garagem...*", ou aquela ode à menina que faz seu *cooper*: "*E aí, minha filha, suando a bucetinha?*", ou então uma coisa mais lírica como: "*Vou botar nesse cuzão até sair caroço de feijão!*" Coisas de nossa gente, é de arrepiar a criatividade desse povo...

Ainda há muito que se debater em torno deste tema, mas está claro que quem realmente sofre com ele são as mulheres atraentes, que, para subir na vida, são obrigadas a se entregar aos desejos sexuais de seus patrões desumanos. É de fundamental importância que esse tipo de mulher, jovem e bonita, fique bem informada sobre essa questão do assédio sexual. Para tal, teremos o maior prazer em permanecer aqui em nosso escritório, após o expediente, para prestar esclarecimentos a essas moças. Por favor, venham de minissaia e roupas leves, para que possamos demonstrar como esses criminosos agem...

Diário de um macho

POR PAU NO COELHO*

Hoje em dia, quando alguém diz que quer um Macho, ninguém leva a sério. O que pouca gente sabe é que no mundo ainda existem muitos Machos, e isso não é nada de sobrenatural. Todo homem tem o dom, basta fazê-lo se manifestar e crescer. Isso pode ser conseguido com a ajuda de um Mestre.

Eu andei por vários caminhos antes de resolver ser Macho. Fui poeta alternativo, ator de teatro infantil, cenógrafo, figurinista e filho único criado pela avó.

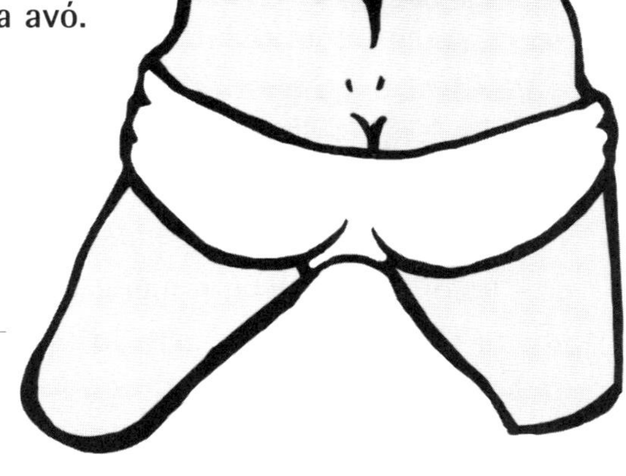

* Leia do mesmo autor *A Berta*, edição revisada de *A Brida*.

Mas, desde pequeno, senti que tinha o dom. Na infância, o dom se manifesta quando a criança se recusa a ser goleiro ou juiz num jogo de futebol, ou quando passa a odiar coisas como o Sérgio Mallandro e o Topo Gigio.

— Você já deu o rabo?

Mais uma vez aquela voz estrondosa me assustava.

Quando fui em busca do meu Mestre, eu já tinha a convicção de que poderia ser um Macho. O Mestre morava como um eremita, numa densa floresta ao sul da Irlanda. No caminho fui sendo envolvido por uma sensação de torpor causada pelos rubros raios do pôr-do-sol, uma brisa fresca que soprava por entre as castanheiras e o inebriante cantar dos pintassilgos...

— *Macho que é Macho não repara nessas coisas!*

Me assustei ao ouvir a potência da voz atrás de mim. Ao virar, me deparei com aquela figura impressionante, baixo, forte, de cabeça chata e camisa do Vasco número 6. Só podia ser ele, meu Mestre, em carne e osso.

— Parece osso, mas é só carne! — disse, como que lendo meus pensamentos.

Sentindo-me acuado diante da presença forte daquele homem, só consegui balbuciar com a voz tímida:

— Mestre, eu quero ser Macho!

— Arrota! — disse ele.

Arrotei...

— Peida! — Com a voz mais ríspida.

Precisei me concentrar muito, mas consegui.

— Cospe no chão!

Cuspi aquela gosma branca, espumante.

— Você tem o dom — disse ele, sem emoção.

O Mestre foi caminhando em direção a uma gruta escura e úmida e eu, sem saber por quê, movido por uma estranha energia, o seguia. Começamos, quase sem perceber, a praticar um estranho ritual de entrar e sair da gruta.

— Você já deu o rabo? — mais uma vez aquela voz estrondosa me assustava.

— Não, Mestre, estou pronto para a cerimônia da farinha... — disse eu, me enchendo de coragem.

— Macho que é Macho tem que dar o rabo três vezes! — sentenciou o Mestre. Foi meu primeiro encontro com o Macho.

Só voltei à floresta três anos depois. A primeira experiência havia me deixado traumatizado. Afinal, não era bem aquilo que eu esperava de um Macho. Demorei muito a entender quão sábias eram aquelas palavras. Voltei disposto a provar que eu tinha tudo para ser um novo homem.

Encontrei meu Mestre abaixado, catando coquinhos na floresta.

— Mestre... — disse eu. — Já posso ser um Macho! Dei o rabo três vezes!

Aguardei ansioso pela reação daquele estranho eremita de camiseta cruzmaltina. Ele sentou-se num cogumelo e começou a falar, com a voz mansa.

— Meu filho, assim como uma laranja, que primeiro desabrocha em flor para depois tornar-se fruta e só então amadurecer, ficando realmente comível, eu também amadureci... Agora penso que Macho que é Macho tem que dar o rabo seis vezes!

— Mas, Mestre... eu fiz o caminho de Santiago!

— Isso era coisa de Macho na época do Pinochet! Agora qualquer boiola faz esse caminho...

— Mas, Mestre... Eu sofro de hemorróidas, não há uma maneira menos dolorosa de se transformar num Macho?

— Só há uma maneira. Você deve seguir o caminho que todos os Machos seguiram. Vá em busca da Xoxota com Fundo!

Foi o meu segundo encontro com o Mestre.

— Eu acho que nunca vou conseguir ser Macho, Mestre! — disse eu, desolado.

Ao chegar em casa, ainda sonado pelas últimas palavras do Mestre, caí de cara nas águas frias da realidade. Meu pai achou interessante a proposta de eu querer ser um Macho, mas objetou que o serviço militar seria o caminho mais indicado. Mais uma vez a minha formação foi atrasada. Passei um ano no 28º Pelotão de Infantaria, em Itabuna.

Eu sabia que devia seguir o caminho traçado por meu Mestre, pois esse era o caminho de minha Lenda Pessoal. Mas ali, naquele pelotão, xoxota é que era lenda. Xibiu? Ninguém sabe, ninguém viu. Pelo menos cheguei à conclusão de que não era no exército de Itabuna que eu ia encontrar a Xoxota com Fundo.

Quando acabei o serviço militar, já estava convencido de que a Xoxota com Fundo, o Mestre e a Lenda Pessoal eram apenas partes de uma viagem mística à qual eu me entregara num momento de solidão e carência afetiva. Todos passam por isso. Fui estudar medicina.

Passei anos entregue ao meu materialismo científico e tive muitas namoradas. Mas, por mais que eu tentasse me convencer das razões da ciência, a vivência me gritava aos ouvidos: "Essa xoxota não tem fundo!" — a cada nova experiência. Resolvi voltar à floresta.

Encontrei o Mestre remexendo um caldeirão. Antes que eu pudesse perguntar qualquer coisa, ele se adiantou:

— Dobradinha com jiló, comida de Macho...

— Eu acho que nunca vou conseguir ser Macho, Mestre! — disse eu, desolado.

— Por quê? Finge que é só uma esponja amarga, cheia de gordura, e engole...

— Não é isso, é que eu não consigo encontrar a Xoxota com Fundo. Já rodei por todo o planeta, transei com mulheres de todas as raças, credos e pesos, mas não encontro!

— Continue procurando, meu filho, continue... Você já aprendeu que a linguagem universal é a linguagem da pica, a única que elas entendem. Essa é a parte mais importante da formação do Macho. De resto, é continuar a busca, mas não pense que todo caminho tem um fim. Lembre-se: "A casa do caralho fica no cu do mundo."

— Que bonito, Mestre, acho que entendi... Quer dizer que o caminho é a própria busca? De tanto procurar a Xoxota com Fundo eu acabei virando Macho. Obrigado, Mestre!

— Obrigado nada, pode ir abaixando as calcinhas...

Foi meu último encontro com o Mestre.

A volta ao mundo em 80 sacanagens

Sacanagem, esta palavra mágica! É só falar em sacanagem que todo mundo começa a babar, fungar e prestar atenção. A sacanagem, assim como a religião católica, saiu de Roma séculos atrás e ganhou o mundo, conquistando multidões.

Mas o que é sacanagem? Onde mora? De que se alimenta? É um bicho? Uma árvore? Ora, sacanagem, como todo mundo sabe, é a arte ou efeito de atingir o orgasmo mediante a utilização de métodos não-ortodoxos de excitação. Assim, fazer um prosaico papai-e-mamãe com a mulher do seu melhor amigo, na frente dele, isto sim, é uma tremenda sacanagem.

Com o intuito de descobrir sacanagens, o homem parte, desde a Antiguidade, em busca de novas e desconhecidas zonas erógenas. Os portugueses descobriram o caminho marítimo para o bacalhau, os espanhóis descobriram que é na África que as mulheres têm cabelo mais crespo, e os ingênuos *vikings* acreditavam que o mundo era chato e, no final, havia um cu enorme que tragava todos que tivessem a ousadia de chegar até lá. No desejo de verificar se existia de fato este imenso lorto no fim do horizonte, os nórdicos criaram a curiosidade, o que fez com que eles navegassem meio mundo.

As sacanagens, como os cultos afro-baianos, foram absorvidas por diferentes culturas, que as adaptaram segundo suas tradições e interesses, mas na sua essência é tudo a mesma coisa: sacanagem. Temos assim a punheta-russa, o violino-chinês, o carro-alegórico e tantas outras boas sacanagens, mas somente no Japão se encontra o legítimo ovolhau, que é o ovo cozido com gosto de bacalhau, conforme vemos na película *O Império dos Sentidos*.

As sacanagens variam de país para país, segundo os costumes e religiões locais. Na austera e moralista Suíça, a maior sacanagem é chegar atrasado. Já entre os canibais africanos comer alguém não é considerado exatamente uma sacanagem. No Irã quem toca punheta tem sua mão cortada. Já na minha casa, só decepam a mesada.

Em Israel, a maior sacanagem é dar desconto. Já entre os Papuas da Oceania, povo atrasado que ainda não conhece o valor do dinheiro, as relações ainda se dão na base do troca-troca. Nas Ilhas Virgens, a maior sacanagem é ainda botar nas coxas. Em Portugal, por pressão da Igreja, o homossexualismo é aceito, mas só como método anticoncepcional.

Aliás, o sexo em Portugal só foi introduzido depois das Cruzadas, pois a influência dos padres católicos sempre foi muito grande. Antes disso, os portugueses se reproduziam enfiando o que tinham de mais duro no buraco onde as mulheres faziam xixi, ou seja, enfiavam a cabeça na privada e depois esperavam nove meses. Graças às constantes invasões árabes, a raça lusitana não entrou em extinção.

Os portugueses são hoje um povo bem avançado no que tange à sacanagem, e as *sex-shops* de Lisboa são o único lugar do mundo onde se pode comprar bustos de Napoleão.

A Noruega, antigamente um país pobre e miserável, só produzia um peixe seco e sem graça. Numa incrível jogada de *marketing*, saiu da lama, passou a obrigar as suas mulheres a andarem com um peixe seco entre as pernas. Pronto, inventaram o bacalhau. Foi o maior sucesso. Os portugueses imediatamente incorporaram aquele prato, pois tinha o gosto de patroa depois que tomava banho. Estava criada a indústria da sacanagem.

Mas os franceses é que são os verdadeiros reis da sacanagem. Para começar, não tomam banho antes da sacanagem, o que, por si só, já é uma, e ainda untam o pau com manteiga, como se fosse uma baguete, quando vão enrabar alguém.

Por falar nisso, o enrabamento é uma sacanagem, ou uma parte, que está caindo em desuso. Vai chegar o dia em que você vai ter que explicitar para o seu filho, suspirando, que antigamente se comia cu e não se morria. Daqui a algumas gerações os homens, ou melhor, os viados e as mulheres vão nascer com o cu cicatrizado por falta de uso. É a natureza adaptando-se aos novos tempos.

Uma das sacanagens mais conhecidas é o *fellacio*, invenção romana, junto com o *carpaccio*, que é uma sacanagem para se servir a quem não gosta de carne crua.

O *fellacio*, ou felação, vulgo mamada (não confundir com filatelia), é quando a dama chupa o pau do cavalheiro. É uma prática muito perigosa para o homem, pois vocês não imaginam o poder que tem uma mulher com um pau na boca. Principalmente se for o seu. É mais ou menos como o presidente dos EUA com o dedo no botão da bomba atômica. É só pedir que a mulher deve ser atendida: PENHEF EUF ERIAF AQUELF COLAUF DEF PELOLAF QUE FEUF FIF NAF FOALHERIAF, ou ainda: HEFINHOF EUF DAVAF PREFINANDOF DEF FU FAUFMENTO...

Quem quer conhecer o mundo da sacanagem não deve deixar de visitar a Grécia, berço da sacanagem e dos marinheiros gregos. A Grécia clássica deu ao mundo civilizado a viadagem. Os filósofos Platão, Sócrates e Aristóteles pensaram muito antes de dar o rabo.

Já Sófocles, Ésquilo e Ítalo Rossi encararam a coisa numa boa, talvez por já serem do teatro. Até na militarizada Esparta baixou-se um decreto que não considerava viado quem desse o rabo. Tremenda sacanagem.

Em se falando de viadagem, não esquecer San Francisco, que é uma espécie de Disneylândia dos perobas. A San Francisco, todo os anos (sem trocadilho, por favor), acorrem milhões de viados em peregrinação a esta Meca das Bichas. Lá, em completa liberdade, o mundo *gay* se confraterniza, e em junho é realizada a famosa Parada do Dia do Orgulho Gay, quando todos saem em viadata. Esta efeméride é transmitida ao vivo, via satélite, para todo o mundo, para que os pais dos efeminados assistam ao que é por si só uma enorme sacanagem.

Finalmente chegamos à Suécia, que é o paraíso da sacanagem. A Suécia é um filme de sacanagem ao vivo, o que às vezes é muito chato, pois toda hora que o carteiro toca a campainha, além de receber as cartas, você tem que trepar com ele. O pior é que ainda vêm o leiteiro, o encanador e o entregador de *pizza*. Na capital, Estocolmo, existe uma *sex-shop* em cada esquina, com farto material para uma boa sacanagem. O traje típico da Suécia é o chicote, botas de couro, ligas pretas e a calcinha aberta na frente.

A principal atividade do povo sueco é o sexo. O idioma oficial é a cunilíngua, e a religião é a busseita. A moeda é a coroa sueca, que vale sessenta anos, mas você pode trocar por três de vinte.

As suecas são muito moralistas e não admitem fazer sexo com os seus namorados antes do casamento: é melhor que ele vá até sua casa entregar uma carta, uma *pizza* ou consertar o encanamento.

Enfim, a sacanagem é universal e se manifesta das mais variadas formas. É o único aprendizado onde o saber ocupa lugar.

Crítica do mês:

A DIFÍCIL ARTE DE COMER BREGAS

*Chez Moi******
M. Alice, s/nº
Os jantares no Rio nos oferecem momentos de prazer e surpresa. Afeito que sou ao bom paladar, estive ontem com Madame M. na confortável mansão de Mademoiselle F., onde iríamos apreciar o brioche da anfitriã. A noite estava estrelada como poucas, e a lua despertava a atenção de todos os presentes, a tirar a minha, evidentemente não estava ali para admirar os céus.

A verdade, porém, é que os brioches à disposição não chegavam a acender a volúpia de meu apetite que, após tantos anos de convivência com Madame M., estava à busca de quitutes mais saborosos. Estávamos na sala de estar conversando sobre amenidades, enquanto eram servidas coxinhas de galinhas envolvidas em anáguas antigas e calcinhas rendadas. Era um espetáculo discreto, que podia admirar do fundo de minha aconchegante poltrona. Aqueles belos pares de pelanca quase me obrigavam a escapar à dieta imposta por Madame M., mas confessei que estava prestes a escapulir pela entrada de serviço quando o salão abriu suas portas para dar passagem ao empanado de sua sobrinha, a lamentável Mademoiselle B.

Mademoiselle B. vestia uma blusa de cores berrantes que nos convidavam de imediato a desviar o olhar. Quando nos deparávamos com seu rosto, preferíamos a blusa, não fossem os seios, à mostra pelo indecente decote, que mais pareciam um par de maracujás de gaveta. De imediato, me recordei saudosão

do Steak Diane que me fora servido anos atrás em Londres, antes daquele insólito matrimônio.

Mademoiselle B. mais me parecia uma lagosta temperada ao molho de Sucaryl e, ao perceber os desprazeres que meu ofício me preparava, devo segredar-lhe, leitores, as lágrimas chegaram a brotar em meus olhos. Triste sacerdócio este, que me impõe degustar o que vier. No meu entender, certas iguarias deveriam se privar de serem oferecidas ou, ao menos, de serem tão oferecidas. E nessas circunstâncias, comparo minha profissão de **gourmet** *a um piloto de provas da Toyota cortando o sertão da Bahia em direção ao vilarejo de Alhures.*

Naquela noite, porém, alguém teria de ir ao sacrifício, sem apelação. Arrepiei-me por completo ao notar que seria eu o pobre-coitado. E a portenta, com seu quadris banhados em banha, encaminhou-se para o meu colo, ronronando dengosa como qualquer paquiderne que conhecemos. Adeus, belos ventres! Adeus, apetitosas barriguinhas! Cedendo a pressões que a vaca fazia sobre minha virilha, pensei em apetitosos pratos quentes, refinados vinhos franceses, tortas diversas para o **desert.** *Inútil, amigos, inútil esconder. A todo instante, meu paladar se ressecava e minha fibra se esmorecia.*

Entretanto, me orgulho, não foi desta vez que tive de pendurar os talheres.

Identifiquei-me muito com os quadrinhos onde Mafalda se digladia com pratos de sopa. Só que eu cheguei ao fim e, com muita luta e arte, consegui traçar mais aquele bofe. Creio, Deus, que melhores dias virão.

Convenções:

CUZINHO: * ruim, ** péssimo, ***terrível, ** nunca vi coisa pior**

Este livro foi impresso na
LIS GRÁFICA E EDITORA LTDA.
Rua Felício Antônio Alves, 370 – Bonsucesso
CEP 07175-450 – Guarulhos – SP
Fone: (11) 3382-0777 – Fax: (11) 3382-0778
lisgrafica@lisgrafica.com.br – www.lisgrafica.com.br